Scripto

Isabelle Pandazopoulos

TROIS FILLES EN COLÈRE

Gallimard

À Antoine,
à ton goût viscéral pour la liberté

για τον πατερα μου
für meine Mutter

PARIS
Famille LAVAGAULEYNE

Suzanne Lavagauleyne, née en 1949 à Berlin.
Maxime Lavagauleyne, père de Suzanne. Riche banquier.
Ilse Lavagauleyne, née Mühlmeister, mère de Suzanne.
Dieter Mühlmeister, né en 1945, fils de Ilse et demi-frère de Suzanne. Père inconnu ?

Fanchette, intendante, attachée à la famille Lavagauleyne depuis toujours.

BERLIN
Famille MÜHLMEISTER

Magda Mühlmeister, née en 1949 à Berlin.
Karl Mühlmeister, frère de Ilse, peintre, père de Magda.
Sybille Mühlmeister, décoratrice, mère de Magda.
Hans, Lotte et Heidi, frère et sœurs de Magda.

ATHÈNES
Famille ROUNARIS

Cléomèna Rounaris, née en 1949, à Nauplie dans la clandestinité.
Stavroula Rounaris, mère de Cléomèna, résistante communiste à l'occupant nazi.
Yanis Rounaris, père de Cléomèna, résistant communiste à l'occupant nazi, instituteur, prisonnier politique.
Mitso Rounaris, frère de Cléomèna.

C'est le hasard qui a mis entre mes mains les lettres qui composent ce livre. Elles se trouvaient au fond d'une valise, une vieille valise toute cabossée que j'ai achetée pour trois sous chez un brocanteur. Il y avait avec ces lettres quelques articles de journaux glissés dans des enveloppes, des tracts, un plan de Berlin, une carte de Grèce et des pages écrites sur des feuilles arrachées à des cahiers d'écolier.

Cette correspondance forme un ensemble qui débute en août 1966 pour s'achever en novembre 1968. Je me suis contentée de la ranger par ordre chronologique, glissant ici et là quelques notes personnelles quand cela me semblait utile. J'ai par ailleurs laissé toutes les archives qui s'ajoutaient à ces lettres, telles qu'elles étaient, rendant compte d'une vérité historique forcément subjective.

ÉPOQUE 1

Août à décembre 1966

Lettre 1

De Suzanne à Magda

Paris,
26 août 1966

Ma chère Magda,

Trois jours que tu es partie ! Trois jours, ce qui fait exactement soixante-douze heures, soit quatre mille trois cent vingt minutes, soit deux cent cinquante-neuf mille deux cents secondes ! Sachant que chaque seconde pèse mille ans, tu peux imaginer dans quel état je suis. Aussi fripée et rabougrie que les pommes du Morvan que Fanchette nous rapporte et qui lui font l'année. Ne lève pas les yeux au ciel, je n'exagère rien, il faut que tu me croies, je suis désespérée. Et je refuse d'être raisonnable. Ou convenable. Je suis infiniment triste et je ne vois pas pourquoi je devrais le cacher. Oui, tu as raison, j'en fais trop ; et dans ces circonstances cruelles, je ne me prive de rien : depuis ton départ, je n'ai cessé de pleurer. Et de gémir, de bouder, de crier à l'injustice ! J'en veux à la terre entière. J'ai croisé Françoise et Monique aujourd'hui, elles marchaient bras dessus bras dessous dans les jardins du Luxembourg, dans cette même allée que nous empruntions toutes les deux pour nous rendre au lycée. Dieu merci, elles ne m'ont pas vue ! Je n'aurais pas eu la force de leur cacher la fureur qui m'a envahie en les voyant si complices ! À quelles extrémités me voilà réduite, être jalouse de ces deux crétines ?!

La rentrée approche et la seule idée qui m'apaise un peu, c'est que c'est la dernière. L'an prochain, j'entre à la fac et je compte secrètement que tu m'y rejoindras ! On trouvera une excuse, les études à Berlin, ce doit être moins bien.

Forcément.

Je nous vois déjà à la Sorbonne !

Et ne me réponds pas avec ton air sérieux que tu ne peux rien me promettre !

J'ai maudit la dignité et le courage que tu affichais devant la porte de la maison au moment des adieux. Tu n'as même pas versé une larme, bien droite, avec ta petite valise posée à tes pieds. Tu avais la même à ton arrivée à Paris, il y a cinq ans. Un vieux truc informe, tout ratatiné et poussiéreux, aussi raide que ton père qui te tenait fermement par le haut du bras comme s'il avait craint jusqu'au dernier moment que tu refuses de le suivre. C'est dire s'il te connaît mal !

Moi, j'aurais préféré qu'on nous arrache l'une à l'autre par la force, qu'on te traîne sur le sol, que tu pousses des cris à la mesure de la douleur que tu éprouvais de quitter cette maison, cette ville et ce pays qui étaient devenus un peu les tiens aussi, n'est-ce pas ?

N'est-ce pas ?

Tu n'as pas dit un mot, tu ne m'as même pas regardée. Alors, je n'en suis plus si sûre maintenant que tu n'es plus là. Peut-être te sens-tu enfin libérée ? Oh, dis-moi que je te manque et que tu ne vas pas m'oublier... Non, non, dis-moi la vérité, surtout n'arrange pas tes lettres. Tenons notre promesse, on se racontera tout dans les moindres détails pour ne pas se perdre. Un peu comme nous faisions chaque soir quand j'allais te rejoindre dans ton lit, l'une contre l'autre, à rire et à se dire n'importe quoi jusqu'à sombrer dans le sommeil.

Enfin, moi je m'endormais. Pendant ce temps, tu comptais les moutons... Maintenant que tu as retrouvé Berlin, est-ce que tu dors mieux ? Tes cauchemars ont cessé ?

Je vous ai regardés vous éloigner, oncle Karl et toi, du petit balcon de la chambre de Dieter. Il était là aussi, mon frère, mais il ne m'a pas dit un mot. Il avait les deux mains serrées sur la rambarde en fer forgé, si fort que je voyais ses veines comme prêtes à éclater. Il te ressemble, à garder tout ce qu'il ressent à l'intérieur. Je l'observais de biais, il m'a presque fait peur. J'ai murmuré que tu allais nous manquer. Il m'a jeté ce regard méprisant qu'il me réserve toujours.

Ton départ lui fait mal, vous êtes si proches tous les deux, mais je n'imaginais pas que c'était à ce point-là.

Oncle Karl allait d'un pas pressé. Tu peinais à le suivre, tu marchais tête baissée. Oh, ma douce, me diras-tu quelles étaient tes pensées ? Ton père est impressionnant. Pour tout te dire, je le trouve très laid avec son corps difforme à devoir faire tant d'efforts pour avancer ! Je sais, ce que je dis n'est pas chrétien, mais ton père a des manières de bête. Il est si silencieux. Il a le regard si sombre. Ne mens pas, je sais qu'il t'a fait peur aussi. D'un coup, tu es devenue trop sérieuse et tu t'es mise à parler à voix basse. Comme on fait dans la maison d'un mort.

Et tu vois, ta valise était lourde. Elle te faisait pencher sur le côté et il n'a pas eu l'air de s'en apercevoir. D'autant qu'il n'a pas voulu prendre ce taxi que maman proposait de lui payer. Je ne supporte pas que tu retournes à une vie misérable et qu'il refuse notre aide sous je ne sais quel prétexte... Ses principes sans doute. C'est ridicule ! A-t-il pensé à ta fierté ? Que peut-il comprendre de la vie à laquelle tu t'étais habituée ? Rien, il n'en imagine rien, j'en suis absolument certaine. Dans quel endroit sinistre envisage-t-il de vous loger ? Je te connais, tu ne sais pas te plaindre, tu ne m'en diras rien mais je saurai deviner.

Je n'aime pas ton père. Ce mépris qui suinte du moindre de ses gestes... Mais qu'est-ce qu'il nous reproche ? J'ai déjà posé la question à maman mais elle détourne les yeux avec ce léger signe de la main qui efface jusqu'au sentiment d'exister.

À peine avais-tu disparu au coin de la rue que déjà l'ambiance à la maison n'était plus la même. J'ai d'abord cru que c'était ma soudaine solitude qui rendait l'air irrespirable. Mais je me suis vite rendu compte que c'est toi qui nous faisais tenir ensemble.

Maman ne quitte pratiquement plus sa chambre. Aujourd'hui, elle ne s'est même pas habillée. Elle est apparue au repas, dans son long peignoir de satin rose et gris, n'a rien dit, n'a regardé personne et elle a critiqué tout ce que Fanchette posait sur la table. Dès que papa ouvrait la bouche, elle jetait sur lui un œil dédaigneux, elle a même été jusqu'à lui faire des reproches quand il s'est mis à parler du temps qu'il faisait. Au début, j'ai pensé qu'ils s'étaient juste disputés. Le deuxième soir aussi. Mais tout à l'heure, j'ai compris que c'était plus grave. Papa n'a rien mangé. Il écoutait sans broncher les sarcasmes de sa femme. Je ne comprenais rien. C'était pourtant si bien cet été à Saint-Raphaël.

Et puis au milieu du repas, papa s'est mis brusquement à se moquer de moi avec son habituelle ironie. Sans doute voulait-il faire diversion. Tu sais bien, mes « frasques » vestimentaires sont un sujet de perpétuel débat ! Il trouvait ma coupe de cheveux ridicule et ma robe beaucoup trop courte. J'ai rétorqué en usant du même ton badin que les jeunes filles, dans la vraie vie, montraient désormais leurs genoux et que cela ne choquait plus personne sauf les vieux messieurs en noir.

Je l'ai agacé au plus haut point.

Il est devenu franchement méchant ; il paraît que je ne suis pas assez jolie et encore moins gracieuse pour qu'on me pardonne mon insolence. Le mieux, dans mon cas, ce serait de rester discrète et serviable.

Jamais il n'avait été aussi désagréable. J'en suis restée sans voix. Je me suis tournée vers ma mère pour chercher un appui, qu'elle prenne ma défense, qu'elle dise au moins un mot. Elle était aussi blanche que la nappe de la table. Mais rien !!! Elle s'est seulement levée et a quitté la pièce. Je me suis réfugiée dans ma chambre. C'était insupportable d'être seule. Alors, j'ai retrouvé mes habitudes de petite fille, je suis allée traîner dans la cuisine avec Fanchette. J'avais les larmes aux yeux. Elle a souri quand elle m'a vue apparaître.

– Tu es la plus jolie, elle a dit simplement.

Et elle est retournée à ses fourneaux.

Quelque chose m'échappe. C'est comme un orage qui gronde au loin, juste avant d'éclater.

À l'heure où je t'écris, tu dois déjà dormir.

As-tu ta propre chambre ?

Tendres baisers de ta cousine,

Suzanne

Lettre 2

De Karl à Ilse

Berlin,
28 août 1966

Chère Ilse,

Magda attend tous les jours une lettre de sa cousine Suzanne. Dis-lui d'envoyer son courrier chez mon ami Franz pour les raisons que j'ai évoquées avec toi. Je veux qu'on en sache le moins possible.

Nous voilà donc à Berlin après un voyage pénible et long. Nous sommes installés dans un petit appartement pas très confortable, mais cela nous convient très bien pour le moment.

Ta lettre m'a beaucoup amusé… Trois pages entières de recommandations sur Magda comme s'il s'agissait de ta propre fille que tu avais dû te résoudre à confier à des inconnus irresponsables. Je te reconnais bien là, ma chère sœur, à distiller mine de rien tes certitudes avec ton air bienveillant et ta gentillesse sucrée. Cinq ans que nous ne nous sommes vus mais rien n'a changé. Tu me prends toujours pour un idéaliste égoïste et dangereux. Et je suis toujours consterné de te voir mariée à ce banquier arrogant.

Cela étant dit, je te remercie de t'être occupée de Magda. Elle me dit beaucoup de bien de vous. Et je sens qu'elle a été heureuse à Paris autant que c'était possible.

Ma petite fille est devenue une inconnue et cela me déroute. Comment lui raconter ces cinq années passées sans elle ? Elle a grandi protégée de tout à Paris, si loin de notre monde... Je ne me résous pas à lui parler. Chaque jour, j'espère qu'elle comprendra d'elle-même. Je voudrais que sa mère soit avec moi pour le lui annoncer. Ce serait mieux pour nous tous. J'ai tellement hâte que nous soyons réunis de ce côté-ci du mur.

Donnons-nous des nouvelles régulièrement.

Et n'oublie pas de prendre soin de toi. Je t'ai trouvé très mauvaise mine.

Ton frère,
Karl

Berlin-Ouest et Berlin-Est

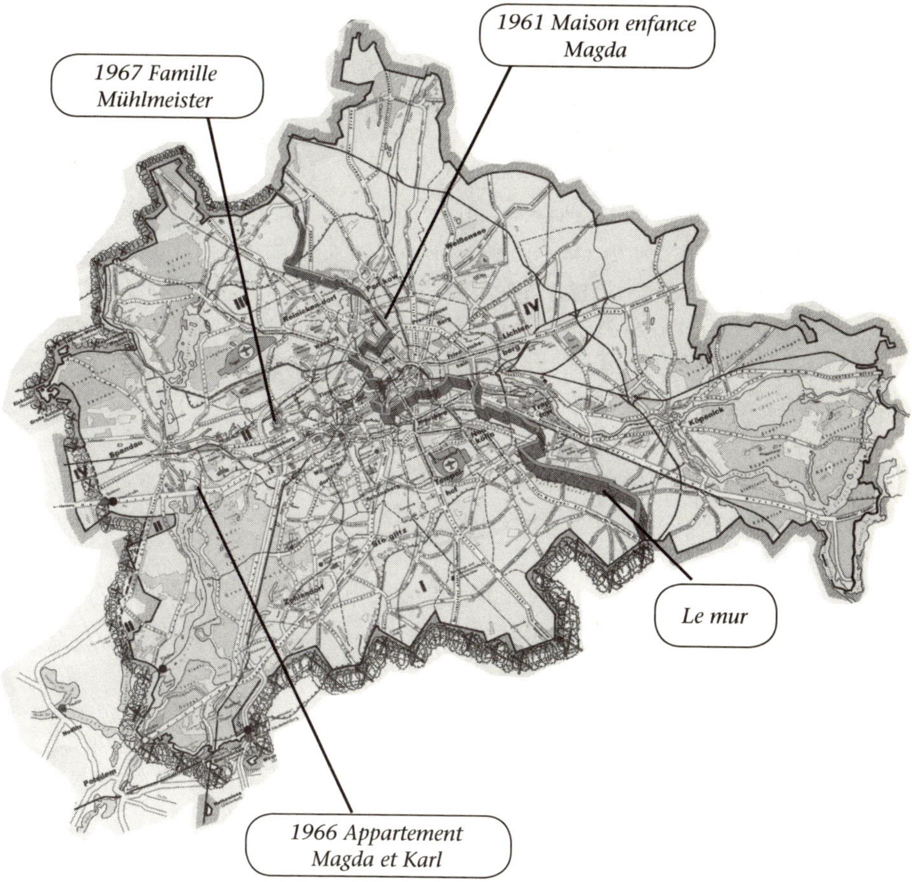

Berlin 1961

Lettre 3

De Magda à Suzanne

Berlin,
28 septembre 1966

Ma chère Suzanne,

Le temps file. Un mois déjà que j'ai reçu ta lettre. J'ai du mal à te répondre. Tu sais bien pourquoi. C'est difficile de parler de moi. Plus encore quand je dois le faire par écrit.

Mais je t'ai promis. Donc, voilà. Je tiens ma promesse.

S'il te plaît, ne me demande plus jamais si tu me manques. C'est idiot. Je ne veux pas y penser. Je dois m'habituer à ma vie telle qu'elle est. Il le faut. Parce que oui, évidemment, tu me manques. Beaucoup.

Tu as raison. Mon père est bizarre.

Par exemple: quand on marche dans la rue, il se retourne tout le temps comme s'il cherchait quelque chose qui serait tombé de sa poche. Il prend des chemins compliqués pour rentrer à l'appartement. Il ne répond jamais directement quand je lui pose des questions. Je ne demande plus rien. Surtout pas quand on est à l'intérieur. Il met un doigt devant sa bouche en roulant des yeux pour me faire comprendre qu'il faut que je me taise. Il ferme la porte à double tour tous les soirs et il va vérifier cent fois qu'elle est bien fermée. Il me répète tout le temps qu'il faut que je me méfie des gens qui voudront sympathiser avec moi au lycée, surtout ceux qui chercheront à savoir d'où je viens et pourquoi je suis rentrée à Berlin…

Bref, tout se passe comme si nous étions en danger.

J'ai fini par lui demander si c'était le cas. Il a haussé les épaules. Drôle de réponse. Il a marmonné qu'il était désolé mais que c'était mieux pour moi si je ne savais rien.

– C'est pour te protéger…

– Mais de quoi ? j'ai demandé.

– De la Stasi. La police politique de l'Est. Ceux qui nous ont enfermés…

– Je croyais que tu étais libre et que maman allait nous rejoindre avec Lotte, Hans et Heidi. C'est bien ça que tu m'as raconté dans le train ?

Pas de réponse.

J'ai insisté.

– C'est pas ça ?

– Si.

– Quelque chose a changé ?

– Je ne sais pas.

J'ai laissé tomber. Je suis allée me coucher. Endormie.

Réveillée. Il faisait nuit noire. J'ai eu soif. Je me suis levée. Il n'était plus là. J'ai attendu un peu. J'ai fini par regarder sur le palier. Rien. Et puis en face, la porte des voisins qui s'ouvre, mon père qui remercie les voisins. Il vient d'utiliser leur téléphone.

Tout avait l'air étrange. J'ai filé dans ma chambre. Le lendemain, je ne lui ai pas parlé de ce que j'avais vu. J'ai arrêté de lui poser des questions.

J'ai peur. Je dois lui faire confiance. Je dois être patiente.

Je finirai par comprendre.

C'est difficile d'admettre ce qui m'arrive. En rentrant à Berlin, je croyais que mes souvenirs reviendraient. Je n'ai plus d'espoir. Je ne sais toujours pas ce qui s'est passé en août 1961 quand le mur a été construit. Ni comment ni pourquoi je me suis retrouvée toute seule à l'Ouest, de l'autre côté du mur.

Ça m'épuise.

Nous habitons dans un petit deux-pièces que Franz, un vieil ami, nous prête. Papa dit que c'est un logement provisoire. C'est aussi triste et sombre que tu l'avais prédit. Rien ne nous appartient. Aucun souvenir. Aucune trace de notre passé. On dirait deux criminels en fuite. Le seul moment joyeux, c'est quand on mange. Papa est émerveillé de faire ses courses ici. Il paraît que de l'autre côté, tout manque.

J'ai commencé le lycée. Au Gottfried-Keller-Gymnasium dans le quartier de Charlottenburg. C'est un grand bâtiment en briques rouges. Je longe tous les matins le parc du château en pensant à notre jardin du Luxembourg.

Ici, les classes sont mixtes. Et finalement, cela ne change pas grand-chose. Ou c'est moi qui suis trop timide. Ou trop méfiante. Je n'arrive pas à parler avec les gens de mon âge.

Par contre, j'adore la gymnastique. Les installations sont modernes. La prof est très jeune. Elle m'encourage. Quand je virevolte autour de la barre fixe, j'ai l'impression que je vais arriver à n'être plus qu'un corps qui tourne et ça me fait du bien.

L'autre fois, je me suis laissé emporter. Et toute la classe s'est arrêtée pour me regarder. Ils ont tous applaudi. J'ai rougi. J'ai rien dit. J'ai filé très vite sans lever les yeux. Mais ça m'a fait drôlement plaisir.

Voilà, Suzanne. Toi, tu as dû faire ta rentrée à Sainte-Clotilde.

Tu as la jeune aux cheveux gras ou la vieille aux bas de laine ?

Raconte-moi tout. Le moindre détail me fait du bien.

Mille baisers,

Magda

Lettre 4

De Suzanne à Magda

Paris
5 octobre 1966

J'ai la vieille prof aux bas de laine gris, la très très vieille prof aux bas de laine TRÈS TRÈS gris. Et elle est encore pire que son apparence ne le laisse supposer, toujours un peu chiffon, et terne, et triste, et lente, comme si à force d'avoir passé sa vie à dire les mêmes mots dans le même ordre à la même heure de cette même voix atone, elle avait réussi absolument à être encore moins consistante que son ombre. ELLE EST ENNUYEUSE À MOURIR!!!!!

J'ai pleuré quand j'ai lu ta lettre. Mais tu as raison, le dire ne change rien. Je vais essayer d'être aussi digne que toi. (Mais quand même, je les DÉTESTE et je trouve ça INJUSTE, et je voudrais t'aider, et je ne le peux pas, et c'est encore PIRE QUE TOUT!!!!!!)

Ici, rien n'a changé, tu sais.

Je suis dans la même classe que l'an passé, avec la même bande de filles en socquettes blanches et col Claudine, la grande croix en or de leur première communion gentiment nichée sur leur chaste poitrine. Toujours d'humeur égale, toujours dociles et douces quand elles s'installent à leur pupitre, et, si elles s'ennuient au moins autant que moi, elles n'en laissent rien paraître. Ce qu'elles sont laides et tristes !

J'exagère ?

C'est vrai, j'exagère, elles sont jolies, studieuses, bien élevées et absolument conformes à ce qu'on attend d'elles. HORREUR !!!

J'ai revu Riccardo !! Même si j'avais juré de ne jamais le revoir. Je pensais que j'allais l'oublier aussi vite que j'avais oublié Bertrand, Alain et Patrick mais je m'ennuie tant, Magda, depuis que tu es partie !

Pour notre rendez vous, j'avais ma robe bleu nuit (ta préférée que papa trouve trop sombre et que maman trouve trop courte).

Dès que je l'ai aperçu, j'ai su que c'était une erreur. Tout ce qui m'avait plu – son assurance, ses airs de mauvais garçon, sa belle Vespa rouge – tout avait disparu.

Il s'est approché et je me suis jetée dans ses bras. Nous nous sommes embrassés comme si nous venions de courir un grand danger. Il a murmuré des mots doux que je n'ose te répéter, en écartant doucement mes cheveux de mon visage, et puis il a plongé son regard dans le mien et s'est lancé dans une déclaration enflammée.

Il disait que je lui avais manqué et que j'étais devenue une véritable obsession, la douceur de ma peau, de mes lèvres, il rêvait de me voir nue… C'était si fort, son désir, que ça l'empêchait de dormir.

Jamais aucun garçon n'avait manifesté un tel enthousiasme à mon égard. J'étais complètement fascinée par ce déluge de sentiments et ses caresses de plus en plus pressantes.

Fascinée mais distante. Je n'y étais pas. Peut-être qu'il m'a manqué les étoiles et le bruit de la mer pour me faire chavirer. Il me plaisait, il me troublait, et c'était toujours aussi délicieux de sentir ses lèvres sur les miennes. Mais une autre partie de moi refusait de se laisser aller. Je lui ai dit que je ne savais pas, que ça allait trop vite, qu'il fallait me donner du temps.

Il a eu l'air déçu.

Et puis agacé.

Et au final, il s'est fâché. Il trouvait qu'on en avait déjà eu beaucoup, du temps, tous les deux, qu'il avait été patient et que les gamines capricieuses et sans expérience, c'était franchement pas *sa came.*

Et il a tourné les talons.

Je me suis retrouvée toute bête et toute seule sur mon banc.

À peine avait-il disparu au coin de la rue que j'ai regretté ce que je venais de lui dire. Bien sûr que j'en avais envie moi aussi, bien sûr que mon corps frémissait sous ses mains. Pourquoi est-ce que je n'avais pas dit *oui,* tout simplement, oui??!! Je voudrais tant que ÇA m'arrive…

Alors, je l'ai rappelé. Je lui ai donné rendez-vous

cette nuit sur la place Furstenberg, *après minuit.* Il avait l'air content. Avant de raccrocher, on s'est dit plein de douceurs.

Il est 23 heures…

Je compte m'échapper par l'escalier de service pour filer à l'anglaise. C'est si délicieux d'avoir enfin quelque chose à vivre ! Dehors, il fait frais, une petite pluie fine mouille le pavé, je m'imagine déjà…

J'ai choisi la place Fürstenberg parce que je la trouve très romantique. À elle toute seule, je trouve qu'elle donne une autre dimension à mon Riccardo. Je suis sûre que la nuit fera le reste…

Je file…

Je laisse ma lettre en plan, je te raconterai en revenant comme si tu avais été là dans notre chambre, à m'attendre. Comme si tu n'étais jamais partie…

La même à la même
Plus tard

Je n'y suis pas allée... !

Je crois que je ne vais jamais oser le rappeler. Comment veux-tu qu'il me croie si je lui dis que je n'y suis pour rien.

Tant pis... !!!

J'aimerais tellement que tu sois là. Il est près de 4 heures du matin. Je n'ai pas réussi à m'endormir.

Je ne sais pas comment te l'annoncer. Mes parents m'en voudraient terriblement s'ils savaient que je te raconte ce qui aurait dû rester entre les quatre murs de leur chambre.

Maman est enceinte. À trente-neuf ans. Elle ne veut pas du bébé. Elle a décidé d'avorter. Papa est contre. Il dit qu'un enfant, c'est toujours une bénédiction.

Il refuse qu'elle aille en Suisse. Parce que faire passer le bébé, c'est contre ses convictions les plus profondes, et contre sa religion évidemment. Ils se sont dit des choses épouvantables que je ne vais pas te répéter. Mais je crois que maman est sincèrement malheureuse et que papa fait comme si ce qu'elle disait n'avait pas d'importance. Après, je suis allée voir Fanchette. Elle était en train de coudre, comme tous les soirs, avec sa radio qui crachote tout doucement près d'elle. Elle m'a fait signe d'entrer. Et sans dire un mot, elle m'a préparé mon lait chaud au miel comme quand j'étais petite.

– Tu le savais, qu'elle attend un bébé, maman ? j'ai fini par demander.

Elle a fait signe que oui. Et aussitôt, elle a baissé les yeux pour se remettre à coudre.

– Et que mon père a une maîtresse, tu le savais aussi ?

Elle n'a pas cillé. Évidemment !! Tu la connais, jamais elle ne dira du mal de papa, d'abord parce que c'est un homme et parce que c'est le fils de grand-mère dont elle a si peur.

Je me sens bête !

Le jour va se lever, un jour gris et humide. L'odeur des feuilles mortes monte jusqu'à ma chambre et j'ai envie de pleurer. Mais je ne pleurerai pas. J'ai l'impression que le monde entier a été englouti dans la nuit et qu'il n'y a plus personne pour me consoler.

Réponds-moi vite,

Suzanne

Lettre 5

De Magda à Suzanne

Berlin,
10 octobre 66

Ma Suzanne,

Bien reçu ta longue lettre. Merci. Te réponds dans la foulée. Mais je ne sais pas quoi dire. J'ai du mal à imaginer oncle Maxime et tante Ilse en train de se disputer. Eux qui d'ordinaire n'ont jamais un mot plus haut que l'autre.

Tu ne dois pas les juger. Ce que tu as entendu ne te regarde pas. Tu es trop curieuse.

Même si ce que je dis te met en colère, tu sais bien que j'ai raison… Et puis, je suis sûre que ça va s'arranger entre eux.

À Berlin, tout est calme. Silencieux. Bien en ordre. Quand j'ai envie de poser une question à papa, je me mords les lèvres. Ou je me pince le dos de la main.

Jusqu'à en avoir des bleus. J'attends. Du coup, tu vois, je n'ai rien à raconter. Ne t'en fais pas. Je tiens bon.

Je t'embrasse,

Ta Magda

PS : J'ai relu ma lettre. J'ai failli la déchirer. Elle ne ressemble à rien. Elle ne sert à rien. Mais vraiment je ne sais pas quoi dire d'autre. Je pense beaucoup à toi. Même si on est loin, ce qui t'arrive m'arrive aussi.

PPS : Ah ! J'oubliais Riccardo ! Tu devrais attendre qu'il te donne de ses nouvelles. Ou renoncer à fréquenter des imbéciles. Souviens-toi, à Saint-Raphaël cet été, il s'est saoulé quand Anquetil a abandonné le Tour de France à vélo… !

Île de Lesbos :
enfance Cléomèna
Île-prison :
Makronissos
Île-prison :
Chios
Greece
International boundary
National capital
Railroad
Road
100 Kilometers
100 Miles
REMARK
500 hectars
One landrace
YUGOSLAVIA
BULGARIA
ALBANIA
TURKEY
Black Sea
Sea of Marmara
Aegean Sea
Ionian Sea
Sea of Crete
Mediterranean Sea
NORTHERN SPORADES
CYCLADES
DODECANESE
Lésvos
Khíos
Límnos
Skíros
Évvoia
Ándros
Tínos
Sámos
Ikaría
Náxos
Kos
Thíra
Rhodes
Kárpathos
Kíthira
Crete
Kefallinía
Zákinthos
Levkás
Corfu
Athens
Piraiévs
Thessaloníki
Tiranë
Istanbul
İzmir

Lettre 6

De Cléomèna à Mitso

Athènes,
le 2 octobre 1966

Mon frère chéri,

Une semaine que je suis arrivée à Athènes et que je suis installée rue Miaouli chez Evridiki. J'ai mis un peu de temps à t'écrire. Je crois que c'est la première fois que je trouve cinq minutes pour m'asseoir. On est samedi soir. Ils ont tous un peu trop bu. Pendant qu'ils dorment (et qu'ils ronflent), je me précipite pour t'envoyer ces quelques mots.

Pour le moment, on me tolère sous ce toit parce que j'ai apporté un peu d'argent avec moi. Mais j'ai bien compris que c'était provisoire. À la première occasion, on me jettera dehors. Le nom de papa fait peur.

Crois-tu qu'un jour nous cesserons de nous cacher ?

Crois-tu qu'un jour, en Grèce, on pourra être communiste sans risquer d'être pendu ?

Oh, Mitso, vous me manquez tous les deux !

Je m'endors toutes les nuits avec l'image de la silhouette de maman sur le quai de Mithylíni où elle est restée jusqu'à ce que le bateau disparaisse à l'horizon.

Il y a si peu de chances que nous nous revoyions vivants, si peu de chances que nous partagions encore un repas ensemble. Est-ce que ces idées que papa mettait au-dessus de sa vie valent ce sacrifice ?

Mais je reste confiante. Je t'attends. Et comme tu tardes à venir, je fais exactement ce que nous avions prévu et cela me rassure. J'ai repéré l'ambassade de France, je vais m'y rendre quand j'aurai trouvé le moyen de me laver un peu. Je suis sûre que je vais me débrouiller. J'ai un petit coin pour dormir, un petit bout à manger tous les jours, et cet argent que nous avons cousu dans la doublure de ma valise. Je vais le mieux possible.

Evridiki m'a posé des questions sur les circonstances de la disparition de papa. Je lui ai juste dit qu'il était mort en paix. Elle a hoché la tête sans y croire et puis elle a fait le signe de croix, en marmonnant une prière. On n'a pas parlé de Makronissos. Elle ne veut pas savoir. Ou peut-être qu'elle sait parce qu'elle a vu d'autres gars revenir de déportation.

C'est si lourd à porter, tout ça, tu ne trouves pas ?

Donne-moi des nouvelles de Thessaloniki. J'espère que tu as trouvé du travail, que tu vas bien. Es-tu parvenu à t'inscrire à l'université ?

J'aimerais connaître le contenu de tes cours. Je m'ennuie déjà à m'occuper des enfants d'Evridiki.

Réponds-moi vite !

Cléomèna

Lettre 7

De Cléomèna à sa mère, Stavroula

Athènes,
le 9 novembre 1966

Maman,

Tu me manques. Je ne devrais pas te l'écrire mais penser à toi suffit à me faire monter les larmes aux yeux. Parfois, je marche dans la rue et quelque chose m'inquiète brusquement et sans raison apparente. Je cherche dans mes poches, comme si j'avais oublié les clefs de chez moi, je fouille les ombres des yeux et je finis par l'admettre, je n'ai plus de clefs, je n'ai plus de chez-moi ; le vent ici est un peu mou, le soleil un peu pâle, il ne sait pas briller comme il brille à Plomari, dans le village où j'ai grandi.

Là-bas. Là où le soleil et le vent tapent et cognent jusqu'à l'épuisement.

Mais sinon, tout va bien. J'ai réussi à trouver du travail.

Je suis allée à l'ambassade comme nous l'avions prévu. Jacques Fontaine m'a fait causer pendant un bon quart d'heure, le temps de vérifier mon niveau de français. Il était étonné par la richesse de ma culture. J'étais fière de pouvoir dire que c'est vous qui m'avez tout appris.

Mon patron, Claude Bussière, est professeur au lycée français d'Athènes. Il est arrivé à la dernière rentrée de septembre avec sa femme et ses trois enfants. Il était à la recherche d'une répétitrice pour s'occuper de sa progéniture. Mais aussi d'une jeune fille qui serait capable de faire un peu de ménage, les repas et parfois quelques courses. J'ai quand même dit en souriant que c'était beaucoup pour un « petit boulot ». L'ambassadeur était embarrassé. On savait lui et moi que je n'avais pas les moyens de refuser. Il m'a promis de prendre de mes nouvelles régulièrement pour s'assurer que tout se passe bien pour moi et qu'ils n'abusent pas de ma situation. Je suis sûre qu'il le fera et que je peux lui faire confiance.

Le premier jour, mes patrons ont été charmants. Ma chambre est sur le même palier que leur appartement. C'est un petit réduit avec une minuscule fenêtre qui donne sur une cour étroite et sans lumière. Même en me tordant le cou, je n'arrive pas à voir le ciel.

Mme Armande (c'est comme ça qu'elle veut qu'on l'appelle) était tout heureuse de pouvoir me confier ses enfants. Elle pouvait enfin respirer, sortir, acheter des babioles, passer chez le coiffeur et la manucure, faire la sieste et lire les magazines qui arrivent de Paris. Ils sont abonnés au *Figaro* et à *Maison & Jardin* qu'elle feuillette assidûment en prenant des notes.

Mais ça s'est vite gâté ! Elle est de plus en plus exigeante. Un rien la contrarie, et brusquement, elle se met à hurler et à me menacer. Elle me trouve beaucoup trop jolie, ça ne va pas durer, elle va trouver quelqu'un d'autre.

Et à chaque fois, ça marche, j'ai peur de perdre mon travail...

Même si je vois bien qu'elle ne cherche pas.

Voilà, ma chère maman, tu sais tout. Mitso m'a dit que ses affaires avancent et qu'il compte venir me rejoindre pour Noël. Quand il sera là, je demanderai quelques jours de congé. Peut-être que quand mes patrons verront mon grand frère, ils cesseront de penser que je suis seule au monde et que je dépends totalement de leur bon vouloir.

J'attends avec impatience l'année prochaine. J'aurai sans doute un peu mis de côté pour m'installer seule et m'inscrire à l'université comme nous l'avions prévu.

Ta fille qui t'aime,

Cléomèna

Lettre 8

De Fanchette à sa sœur

Le 15 novembre 1966

Jeannine,

On attend un bébé pour le mois de février. On aura besoin d'une nourrice. Pourrais-tu me dire si des fois tu peux trouver quelqu'un ? Ici, tout le monde va. Et chez vous ? Embrasse bien la mère pour moi. Et ton petit monde aussi.

Ma Suzanne est une vraie petite femme. J'ai peur qu'elle tourne mal. Moi, je le vois, mais personne s'en rend compte. On verra.

Dis-moi vite pour la nourrice du petit qui vient. Ma parole que ce sera un garçon.

Fanchette

Lettre 9

De Suzanne à Magda

Paris,
1er décembre 1966

Mon Dieu, Magda, ce que ta dernière lettre était exaspérante !!! On l'aurait dite écrite par une vieille femme de quatre-vingt-dix neuf ans et demi ! Contrairement à ce que tu dis, je préfère savoir ce qui arrive à mes parents. Le pire de tout, c'est de faire semblant. L'ambiance est épouvantable. Je n'exagère pas. Maman est affreusement malheureuse. Je ne sais pas comment l'aider.

Alors je fuis.

Ma maison, ma mère, mon père et toutes leurs histoires si moches !! Et la vérité vraie est que c'est bien mieux ailleurs !!!

Ailleurs ? demandes-tu, étonnée.

Oui !

Mais où ? (Tu es de plus en plus surprise !?!)

Écoute plutôt la suite....

Primo: je ne vais plus vraiment au lycée (j'arrive à intercepter le courrier grâce à Fanchette qui me menace tous les matins de me dénoncer mais qui ne le fait pas, je crois qu'elle a très peur qu'on m'envoie en pension si on apprend mes bêtises... je l'encourage dans cette crainte même si je sais que tout le monde se moque de savoir ce que je vais devenir si je n'ai pas mon bac) (ce qui ne serait pas le cas si j'étais un garçon) (et si j'étais moins riche) (j'arrête avec les parenthèses...).

Deuzio: je suis devenue assez proche de Monique. Je sais, tu la trouvais vulgaire et même un peu facile. Tu n'avais pas tort. Mais c'est justement ce qui me fascine. Inutile de te dire qu'elle a déjà eu de vraies aventures. Parfois, des hommes viennent la chercher en voiture devant le lycée. Hier, c'était une Alfa Romeo Spider orange décapotable. Et même si le garçon qui la conduisait était un peu ventru... poilu... lippu... charnu... très très turlututu, je serais bien montée dans son automobile pour faire de la vitesse. Je suis sûre que c'est follement grisant. Et c'est exactement de cela dont j'ai envie, de choses inutiles et dangereuses. Je devine ta grimace (tu commences à être convaincue?). Je suis sûre que tu m'envies un peu. Si ce n'est pas le cas, tu devrais, la vie que je découvre la nuit est...

EX-TRA-OR-DI-NAI-RE !!!
La nuit ?
Oui, la nuit !

Terzio : chaque soir, je file par l'escalier de service et puis je cours, je vole et, mieux, je m'envole vers le Golf-Drouot. Tu te souviens, c'est cette salle où nous rêvions d'aller écouter Johnny depuis cette fois du mois de juin avec Dieter. Mais on n'a plus jamais eu le droit évidemment après toute cette histoire (qui d'ailleurs n'en était pas une) (j'aime les parenthèses, je ne vois pas pourquoi je m'en priverais ! C'est pareil avec les points d'exclamation et les points de suspension... !!! J'ai décidé de ne plus me priver de rien !!!...!!!).

Je danse toutes les nuits, Magda, je bois, je fume, je rentre par le premier métro et j'arrive à la maison quand tout le monde dort encore. Ce qu'on a été niaises, si tu savais comme ça ne sert à rien d'écouter ces grincheux qui nous empêchent de vivre. Quel ennui, ces gens-là ! Et comme je regrette que tu ne sois plus là pour venir avec moi. Ne me dis pas que tu refuserais de me suivre car je ne te crois pas !!!

Tu aimes danser autant que moi, alors ne te fais pas plus sage que tu ne l'es en vrai.

J'ai beau essayer d'imaginer ce que tu pourrais dire pour me convaincre de ne plus sortir, rien ne parvient à me convaincre. Je n'ai plus de scrupules. Notre maison est un décor de théâtre, tout est en carton-pâte, on fait semblant pour les petites filles et les vieilles dames tandis que la vraie vie se déroule en coulisses. Je ne crois plus à leurs contes de fées, je ne veux plus faire de beaux rêves. Le temps est venu de me jeter dans le vide sans fermer les yeux et tant pis si ça fait mal.

Signé,
Suzanne l'intrépide

PS : Un certain Bob m'apprend de nouvelles passes de rock. Tous les deux, nous faisons sensation chaque soir au Golf. Il m'appelle sa « petite acrobate ». Il a vingt-sept ans. Il est très beau mais il préfère les garçons.

Je passe mon temps à fredonner du Beatles... Avec Bob, on réinvente les paroles en dansant... Je m'amuse comme une folle folle folle

Love love me da...
C'est tellement bête ces paroles
Woah woah
Love me do
Mais c'est tellement ça
Aime aime-moi
Tu sais que je t'aime
S'il te plaît aime-moi..
Oui, oui, oui, c'est exactement ce que je ressens...
You know que je t'aime
Please, s'il te plaît viens vers moi

Lettre 10

De Ilse à Sybille

Paris,
11 novembre 66

Ma chère Sybille,

Il y a cinq ans que je rêve de pouvoir t'écrire cette lettre ! Je vais l'envoyer à Karl sous pli fermé. Il te la donnera quand tu auras passé ce foutu mur. J'espère que ces quelques mots me remplaceront un peu.

En 61, quand je suis allée chercher Magda à Berlin pour la ramener à Paris, j'ai commencé un journal que je pensais te donner en même temps que tu aurais récupéré ta fille. Je rêvais de te raconter un peu de ces années que tu auras passées loin d'elle. J'ai finalement renoncé. Je crois que c'est à Magda de le faire.

Magda est devenue une jeune femme timide, qui parle peu et ne se plaint jamais. À l'entendre, elle va toujours bien. Même quand ce n'est pas vrai. Si bien qu'elle donne parfois cette impression un peu étrange de ne rien ressentir. Je souhaite du fond du cœur que vos retrouvailles lui permettent enfin de retrouver quelques souvenirs de son enfance.

Je me demande toujours comment elle a fait pour porter toute cette souffrance sans jamais s'effondrer. C'était difficile, tu sais...

Je me souviens du jour où je suis allée la chercher à Berlin trois mois jour pour jour après la construction du mur. Les gens étaient persuadés que ça ne durerait pas. «*Die Mauer kann uns nicht trennen*», écrivaient-ils sur des banderoles. Ils avaient l'air d'y croire, et j'y croyais aussi, c'était vrai, le mur ne pouvait pas les séparer.

Ça n'allait pas durer, on en était persuadés! Ça fait déjà cinq ans! Cinq ans, j'ose à peine le croire. Et j'ai bien peur que cela dure encore.

Longtemps, nous avons cru vous avoir tous perdus!

Maxime a essayé de prendre contact avec vous dès qu'on nous a confié Magda. En vain. Les autorités communistes nous faisaient croire que vous aviez purement et simplement disparu. En 1963, les mêmes nous ont soudain assuré que vous aviez tous fui à l'Ouest. Puis que vous étiez morts. Mais Maxime s'est battu contre ces inepties. Il a toujours eu la certitude que vous étiez vivants. Tu connais son caractère enthousiaste. De ce point de vue, il n'a pas changé. Cela nous a aidés à supporter cette longue incertitude. Et même si c'était affreux, je mesure que c'était dérisoire au regard de ce que vous avez tous traversé. Je n'imaginais pas que vous étiez à ce point surveillés, écoutés, suivis, pas plus que je n'ai envisagé une seule seconde qu'on vous avait jetés en prison. Karl m'en a donné les raisons à demi-mot, il dit qu'il est sans doute toujours espionné, je reste donc prudente, nous en parlerons de vive voix.

J'ai tellement hâte !

Peut-être veux-tu savoir aussi ce que j'ai fait de ces cinq années ? Je n'ai rien ou presque, à te répondre. J'ai élevé mes enfants. J'ai veillé sur Magda. Je suis allée de dîner en ville en dîner en ville, de concert en concert, et de la villa de Saint-Raphaël au château de Bazolles. Ah, si ! J'allais oublier ! J'ai refait la décoration de notre appartement parisien. Est-ce que ça ressemble au bonheur ? C'est la vie que j'avais rêvé de vivre. Protégée, confortable et paisible. Je n'en ai pas honte. Mais ma gorge se serre à chaque fois que j'y pense et, depuis quelque temps, je me réveille en larmes. C'est tellement ridicule. Et plus encore de me retrouver enceinte à mon âge. J'aurai trente-neuf ans cette année, Sybille, je n'ai plus envie d'un enfant. D'ailleurs, je n'ai plus envie de rien, et même si le médecin m'assure que mes idées noires sont liées à mon état, je sais bien, moi, que le mal est plus profond. Je ne veux pas de cet enfant. Je suis trop vieille. Et le plus souvent seule dans cet immense appartement où je m'ennuie un peu. Il arrive à Maxime de ne pas y dormir. Tu sais qu'il a toujours beaucoup aimé les femmes. Et cette fois, je crois qu'il est très amoureux.

Tous ces mois à grossir, à me traîner, à m'enlaidir…

C'est terrifiant de sentir le bébé venir malgré moi. Maxime est convaincu que ça va me passer. Il doit imaginer que ce bébé comblera un vide. Mais il se trompe. Je ne veux pas de cet enfant. Et je suis jalouse pour la première fois de cette autre qui le fait rêver et qui doit être plus jeune, plus neuve, plus gaie.

Reviens vite, ma chère Sybille ! Il n'y a qu'à toi que je puisse me confier.

Ilse

Lettre 11

De Delphine Lavagauleyne à Ilse

Paris,
2 décembre 1966

Chère Ilse,

Je me résous à prendre la plume puisque vous refusez de venir nous rendre visite et que je viens d'apprendre que vous ne souhaitez pas fêter Noël cette année au château, à Bazolles, comme c'est pourtant la coutume depuis trente ans. Je sais que vous en voulez beaucoup à Maxime qui n'est pas sans avoir quelque tort envers vous. Mais je le connais assez – après tout, c'est mon fils ! – pour vous affirmer très solennellement à quel point il vous aime, et ce d'autant plus que vous portez son enfant.

Votre projet de vous rendre à Berlin pour les fêtes est totalement insensé et, dans votre état, tout simplement inenvisageable.

Nous ne nous aimons guère toutes les deux. Permettez-moi néanmoins cette confidence qui ne manquera pas de vous surprendre. Si j'avais eu le choix, je n'aurais pas fait d'enfants. Encore aujourd'hui, la vue d'une femme enceinte provoque en moi une incontrôlable répulsion. La maternité est un asservissement qu'aucun homme ne peut soupçonner. Mais soyons honnête, ma chère belle-fille, si cet enfant est un garçon, il vous garantit, si ce n'est la présence, du moins le constant soutien d'un homme qui aurait sans doute fini par vous délaisser pour une autre capable de lui donner un fils.

Je vous attends donc, chère Ilse, comme chaque année pour les fêtes.

Sincèrement vôtre,

Delphine Lavagauleyne

Lettre 12

De Magda à Suzanne

Berlin,
14 décembre 1966

J'aime lire tes lettres.

Même quand tu me traites de vieille dame. D'ailleurs, pour être honnête, je trouve que tu fais beaucoup de bruit pour cacher ta mauvaise foi ; tu suis mes conseils très consciencieusement :

– Premièrement, tu n'as pas revu Riccardo et tu n'en parles plus.

– Deuxièmement, tu laisses tes parents régler leurs histoires et tu t'amuses comme une folle.

Donc ?

Donc, j'avais raison…

Ça me fait très plaisir de t'imaginer en train de

danser. Fais-le pour moi. En attendant des jours plus insouciants.

…

Ici, il s'est passé plein de choses.

J'ai commencé à écrire tous les jours dans un cahier. Pour noter tout et rien. Je me force. Il faut bien que j'apprenne. Au fur et à mesure, j'ai trouvé que c'était moins difficile.

Ce ne sera pas une aussi longue lettre que le sont les tiennes. Je n'arrive pas encore à faire les ponts entre les jours. Enfin, tu verras bien. Tu sais l'effort que c'est.

…

6 décembre

Pour la Saint-Nicolas, on a fait un sapin. Il est beaucoup trop grand pour notre appartement. Il est aussi trop maigre. Et puis, la cime est plate. On n'a pas pu mettre beaucoup de décorations parce que, quand même, c'est assez cher. Mais il clignote tous les soirs. J'ai fait des petits sablés aux amandes et au miel.

Avec papa, on s'est un peu forcés à être gais. On y est presque arrivés.

…

7 décembre

Une fois, papa est venu m'attendre à la sortie du lycée. Je crois que l'école l'avait appelé. Ils étaient inquiets parce que je ne parle à personne.

On a marché dans Berlin ce jeudi-là. Et tous les jours d'après.

Il me prend par le bras. On avance tête baissée, emmitouflés dans nos écharpes et bonnets. La neige crisse sous nos pas. La ville est silencieuse. On a pris des habitudes. On commence par traverser le Tiergarten, un immense parc à une bonne heure de marche du lycée. On prend un chemin qui allonge la balade. C'est qu'on marche le long de la Spree. J'aime ce fleuve. Il est plus sauvage que la Seine, très sinueux, tantôt large et profond, tantôt bien plus étroit. Il fait de grands coudes, il descend, puis remonte, et puis il se sépare brusquement en d'autres affluents. Et du coup, quand on marche, on ne cesse de le croiser. Ou de suivre son cours. Et puis de le traverser pour le retrouver un peu plus loin, où il a encore une autre allure, d'autres couleurs et où il est parfois bordé d'arbres immenses.

Si je commence à me sentir chez moi à Berlin, c'est à cause de cette manière étrange qu'il a d'avancer en se tortillant. Comme si le temps qui passe n'avait pas d'importance.

À marcher avec papa pendant des heures, il me semble qu'on parvient à oublier ce qu'on fait là, tous les deux, à braver ce froid mordant.

Et puis, au détour d'une rue, le regard bute sur un mur.

Des miradors.

Des sentinelles qui vont et viennent. Avec des armes au bout des bras. Des chiens au bout des laisses.

La Spree coule de l'autre côté du mur. Sans nous.

…

9 décembre

Papa s'est planté devant l'entrée d'un pont : l'Oberbaumbrücke. On ne disait rien. Moi j'attendais. Je me suis mordue les lèvres d'impatience. Il avait les yeux rivés sur ses chaussures. C'était pénible.

– C'est par là que t'es revenu ? j'ai fini par demander.

– Non, c'est par là qu'est passée ta tante Ilse en 63 quand elle est venue pour nous chercher. Ils lui ont dit qu'on était morts.

Le silence qui a suivi me noue encore le ventre.

...

11 décembre

C'était le week-end.

On s'est levés tôt et on a marché presque toute la journée.

Samedi soir, on a grignoté debout dans un Stehcafé une saucisse au curry, *eine Currywurst*...

Le premier souvenir m'est revenu.

Pas d'images. Pas d'histoires. Juste des sensations.

Je suis blottie contre quelqu'un, on est plusieurs, j'entends leurs voix, on rit, on est contents, la voix de papa, l'odeur de la bière, les bruits des pieds qui tapent le sol en cadence parce qu'il fait froid.

Il fait toujours très froid l'hiver à Berlin.

Je ne lui ai rien dit. J'ai gardé la sensation pour moi comme si je devais la protéger du dehors.

Je lui ai souri.

Je crois qu'il veut m'amener doucement vers mes souvenirs d'enfant. Je veux bien essayer. Petit à petit, je vais peut-être sortir du brouillard. Il est à côté de moi. C'est bien.

...

Je comprends mieux ses silences. Hier soir, il avait l'air de choisir ses mots avec tant de soin qu'il finissait par les perdre avant d'avoir pu les dire. J'ai glissé mon bras sous le sien.

– Vas-y, s'il te plaît, dis-moi !

Ça fait mal encore.

Ma grande sœur, ma chère Lotte, est morte. Elle était avec moi au moment de passer le mur. Elle m'a sans doute entraînée. Elle a peut-être paniqué. On ne sait pas. Juste qu'elle est tombée. Et elle est morte.

Voilà ce que papa m'a raconté :

Cet été-là, en 61, Lotte et moi, on était à Berlin. Elle devait préparer l'oral de son bac après avoir obtenu l'écrit en juin. Tout le reste de la famille était resté sur l'île de Rügen parce que Heidi venait de naître et que maman avait besoin de se reposer. Quand ils ont appris qu'un mur avait été construit dans la nuit du samedi au dimanche, ils se sont affolés, ils ont essayé de prendre de nos nouvelles. Ils sont rentrés et ils n'ont trouvé personne à la maison. La lampe de chevet sur le bureau de Lotte était encore allumée. Toutes nos affaires étaient là.

Ils n'ont rien compris. Ils ont pensé à un accident. Ils nous ont cherchées dans les hôpitaux. Au fil des jours, ils ont commencé à avoir des doutes. Lotte passait tous les jours à l'Ouest pour aller au lycée. Elle adorait l'anglais et elle était très bonne en philo. A-t-elle brusquement décidé de rester à l'Ouest quand elle s'est rendu compte qu'elle ne pourrait jamais poursuivre les études dont elle rêvait ? Ils ont mis un moment à l'admettre. Papa était furieux contre elle. De quel droit m'avait-elle entraînée dans cette folie ? C'était d'autant plus inimaginable qu'elle avait toujours eu peur de tout. Il a dit que c'était une fille timide, un peu trop grosse, assez mal dans sa peau.

...

Il y a tant de questions qui tournent dans ma tête.

Pourquoi est-ce que j'ai voulu partir avec ma grande sœur à Berlin ? J'avais douze ans, elle en avait dix-sept ! Est-ce que c'est moi qui ai voulu ? Est-ce que c'est elle ? Et si j'étais la cause de tout ?

...

Je voudrais tant me souvenir.

...

Avec ma lettre, tu trouveras ton cadeau de Noël. C'est une écharpe que j'ai tricotée moi-même. Ne te moque pas. C'est vrai : parfois j'ai quatre-vingt-dix-neuf ans et demi.

Mais en fait, chaque maille de ton écharpe était une façon de faire quelque chose pour toi, que tu porteras sur toi.

Ce vert amande t'ira très bien. Il paraît qu'il fait très froid à Paris cette année.

Embrasse toute ta famille de ma part. Même ta grand-mère Delphine. Et serre Fanchette dans tes bras. Elle me manque aussi. Ses pommes et son chocolat chaud.

Dis-lui que mes petits sablés sont beaucoup moins bons que les siens. Crois-tu qu'elle m'enverrait sa recette ?

Ce Noël sans toi va être triste. Vivement l'été prochain. Je te promets de venir.

Berlin 1961

Les murs ne servent à rien

Liste des victimes du mur de Berlin (1961-1966)

1961

22 août: Ida Siekmann (58 ans)
24 août: Günter Litfin (24 ans), abattu alors qu'il traversait la frontière à la nage
29 août: Roland Hoff (27 ans), abattu alors qu'il traversait la frontière à la nage
17 septembre: Rudolf Urban (47 ans), mort à l'hôpital des suites d'une chute en sortant de la fenêtre de son appartement à la frontière (Bernauer Strasse)
26 septembre: Olga Segler (80 ans), morte à l'hôpital des suites d'une chute en sortant de la fenêtre de son appartement à la frontière (Bernauer Strasse)
4 octobre: Bernd Lünser (22 ans), tombé des toits (Bernauer Strasse)
5 octobre: Udo Düllick (25 ans), noyé dans la Spree
14 octobre: Werner Probst (25 ans), abattu alors qu'il traversait la Spree à la nage
26 novembre: Lothar Lehmann (19 ans), noyé en traversant la frontière à la nage
9 décembre: Dieter Wohlfahrt (20 ans), passeur, abattu en aidant d'autres personnes à traverser
10 décembre: Ingo Krüger (21 ans), noyé dans la Spree
19 décembre: Georg Feldhahn (20 ans), soldat est-allemand déserteur, noyé dans la Spree

1962

19 février: Dorit Schmiel (20 ans), abattue (première femme abattue par les gardes en tentant de passer le mur)
27 mars: Heinz Jercha (24 ans), passeur, abattu en venant aider une autre personne à traverser
avril: Philipp Held (19 ans), noyé dans la Spree
18 avril: Klaus Brueske (23 ans), tente de passer la frontière en force dans un camion transportant du sable et des gravats ; meurt étouffé par cette cargaison lorsque son camion s'écrase
18 avril: Peter Böhme (19 ans), soldat déserteur, abattu après avoir lui-même abattu le soldat Jörgen Schmidtchen
29 avril: Horst Frank (19 ans), abattu

27 mai : Lutz Haberlandt (24 ans), abattu
5 juin : Axel Hannemann (17 ans), abattu en traversant la Spree
11 juin : Erna Kelm (53 ans), noyée en traversant la frontière à la nage
17 juin : Siegfried Noffke (22 ans), abattu
17 août : Peter Fechter (18 ans), abattu ; agonise au pied du mur sous le regard de témoins impuissants à l'Ouest
23 août : Hans-Dieter Wesa (19 ans), abattu
4 septembre : Ernst Mundt (40 ans), abattu
8 octobre : Anton Walzer (60 ans), abattu en traversant la Spree
19 novembre : Horst Plischke (30 ans), noyé dans la Spree
27 novembre : Otfried Reck (17 ans), abattu
5 décembre : Günter Wiedenhöft (20 ans), noyé

1963
1er janvier : Hans Räwel (20 ans), abattu en traversant la Spree
15 janvier : Horst Kutscher (31 ans), abattu
24 janvier : Peter Kreitlow (20 ans), abattu par des soldats soviétiques dans un parc à deux kilomètres du mur
février ou mars : Wolf-Olaf Muszynski (20 ans), noyé dans la Spree
26 avril : Peter Mädler (19 ans), abattu en traversant la frontière à la nage
4 novembre : Klaus Schröter (23 ans), mort noyé dans la Spree après avoir été blessé par le tir d'un garde
25 novembre : Dietmar Schulz (24 ans), mort à l'hôpital après avoir été heurté par un train du S-Bahn dans la zone frontalière
25 décembre : Paul Schultz (18 ans), abattu

1964
27 février : Walter Hayn (25 ans), abattu
22 juin : Walter Heike (29 ans), abattu
28 juillet : Norbert Wolscht (20 ans), noyé en traversant la frontière à la nage
28 juillet : Rainer Gneiser (19 ans), noyé en traversant la frontière à la nage
18 août : Hildegard Trabant (37 ans), abattue en tentant de fuir après avoir échoué à passer le mur
20 août : Wernhard Mispelhorn (18 ans), meurt à l'hôpital de ses blessures deux jours après avoir été abattu
26 novembre : Hans-Joachim Wolf (20 ans), abattu
3 décembre : Joachim Mehr (19 ans), abattu

1965
19 janvier : homme non identifié, noyé dans la Spree
4 mars : Christian Buttkus (21 ans), abattu
8 août : Klaus Kratzel (25 ans), heurté par un train dans le tunnel du S-Bahn sous la frontière, près de la station à Bornholmer Strasse
18 août : Klaus Garten (24 ans), abattu
18 octobre : Walter Kittel (23 ans), abattu après s'être rendu
11 novembre : Heinz Cyrus (29 ans), en fuite après avoir échoué à passer le mur, tombe d'un bâtiment à Gartenstrasse, et décède de ses blessures à l'hôpital le lendemain
25 novembre : Heinz Sokolowski (47 ans), abattu
3 décembre : Erich Kühn (62 ans), abattu le 25 novembre ; meurt de péritonite à l'hôpital huit jours plus tard
26 décembre : Heinz Schöneberger (27 ans), abattu

1966
11 janvier : Dieter Brandes (19 ans), abattu ; meurt à l'hôpital sept mois après avoir été blessé par balles le 9 juin 1965
7 février : Willi Block (31 ans), abattu
14 mars : Jörg Hartmann (10 ans), abattu avec son ami Lothar Schleusener en tentant de rejoindre son père à l'Ouest ; plus jeune personne à avoir été abattue en tentant de passer le mur
14 mars : Lothar Schleusener (13 ans), abattu avec son ami Jörg Hartmann
19 mars : Willi Marzahn (21 ans), soldat déserteur ; cause de décès incertaine : abattu par les gardes ou bien suicide en tentant de leur échapper
30 mars : Eberhard Schulz (20 ans), abattu
25 avril : Michael Kollender (21 ans), soldat déserteur ; abattu
26 juillet : Eduard Wroblewski (33 ans), abattu
29 août : Heinz Schmidt (46 ans), abattu en traversant la frontière à la nage
16 décembre : Karl-Heinz Kube (17 ans), abattu

ÉPOQUE 2

9 janvier au 21 avril 1967

Lettre 13

De Suzanne à Magda

Paris,
le 9 janvier 1967

Magda chérie, Magda adorée, ma chère cousine, je te souhaite une belle et heureuse année 1967 !!!

C'était si bien d'entendre ta voix au téléphone ! J'avoue que cela m'a rassurée un peu. Oui, miss Parfaite, je me fais du souci... Jamais je ne t'ai sentie aussi fragile que dans ta dernière lettre. Même si c'est plus que normal, avec tout ce que tu vis. Ça compte tellement cette confiance que tu me fais. Je suis fière de t'avoir comme amie, comme cousine, comme confidente.

Il faut que je te dise. Je n'ai pas osé en parler de vive voix tout à l'heure. Surtout que maman était à côté de moi et écoutait tout ce que je disais.

Je me lance :

Je n'ai qu'un souvenir avec Lotte. Je me suis demandé si tu avais envie que je t'en parle. Ou pas. C'était un tel choc pour moi aussi, tu sais, d'apprendre qu'elle était morte. Ce n'est pas n'importe quel souvenir. Nous n'avons jamais parlé de Lotte ensemble. Je ne crois pas que tu aies même prononcé son prénom devant moi durant toutes ces années que tu as passées à Paris.

C'était quand on habitait encore à Berlin. Je devais avoir quatre ou cinq ans. Toi aussi. Et elle en avait neuf ou dix.

Je n'ose pas aller plus loin sans avoir ton accord. Je crois que je vais écrire cette petite histoire qui n'a vraiment rien d'extraordinaire sur un papier à part que je glisserai dans une enveloppe fermée. Tu pourras choisir de la lire ou pas.

En fait, pour tout te dire, jusqu'au dernier moment, j'ai cru que vous alliez venir à Noël. Maman m'a expliqué longuement que ton père refusait. À cause de l'argent. Si j'ai bien compris. Parce que oncle Karl et Maxime se détestent. Mais je suis sûre que ce n'est pas la seule raison. Les histoires de famille me fatiguent. Tout se dit sans se dire. Tout se fait en cachette. Et quand je cherche à savoir, on m'envoie dans ma chambre comme si j'avais huit ans. J'étouffe !

Maman est toujours en train de pleurer. Et puisqu'on s'est juré toutes les deux la vérité vraie, je peux t'avouer que je trouve affreusement gênante sa grossesse sur son corps de dame presque vieille… Quand le bébé aura dix ans, elle aura les cheveux gris et des rides. Et quand moi, j'aurai un enfant, on prendra mon frère ou ma sœur pour mon fils… Tu ne crois pas ?

Sinon, ici, c'était un Noël un peu sinistre. Mais je ne me plains pas. Je n'ose imaginer les fêtes à Berlin ! Je prie pour que tu te sois amusée un peu quand même sous ton sapin maigrichon !!! J'attends l'été avec autant d'impatience que toi. Viendras-tu faire tes études à Paris l'an prochain ? Notre éloignement continue de me sembler terriblement injuste !!!

Moi, en tous les cas, pour cette année 67, je fais le vœu (même si ce vœu te choque) que tu oublies Berlin et son mur et ses histoires de famille, que tu oublies tout et que tu penses à toi d'abord et à ton avenir. À Paris, de préférence.

Bon, c'est vrai, ce sont des vœux très égoïstes.

Alors, je recommence.

Je te souhaite de retrouver ta famille et tes souvenirs. Je te souhaite de tomber amoureuse, de te faire des amis, de rire tous les jours. D'être aussi légère et rigolote que tu sais l'être quand tu oublies que tu as tout oublié. (Je plaisante… je peux ?)

Bon… À moi !!

J'ai pris quelques résolutions dont voici la première.

Je vais jeter ma virginité aux orties (quelle drôle de formule, n'est-ce pas ? Mais ça ne change rien : je veux faire l'amour avant d'avoir dix-huit ans. Peu importe avec qui. Le grand amour suivra ! Et toc, je ne veux rien entendre, pas de sermons, ni d'avertissements, c'est moi qui décide...).

Je suis retournée danser au Golf plusieurs fois déjà depuis le Nouvel An (que j'ai passé rue de Fleurus avec le sentiment d'être enterrée vivante). Les deux premières fois, il n'y avait presque personne que je connaissais, hormis l'éternel Bob qui n'avait même plus le cœur à danser vraiment après ces fêtes un peu folles. À défaut d'y avoir été, je l'ai écouté me parler des uns et des autres ; il m'a promis de me montrer d'autres clubs dans Paris. Il dit qu'il s'ennuie dans cette ville et qu'il a le projet de filer à Londres. Je m'attarde un peu à te parler de ce garçon que tu ne connaîtras sans doute jamais. Mais il me touche.

Il est toujours souriant, de bonne humeur, il recueille toutes les confidences sans juger, sans répandre la moindre rumeur, ouvre grands les bras et offre son épaule à tous ceux qui veulent y trouver du réconfort. C'est celui que tout le monde adore et que personne ne connaît. L'autre soir, alors que l'orchestre jouait presque en sourdine tant nous étions peu nombreux et sans entrain, Bob a beaucoup bu et c'est dans mes bras qu'il a fini par se blottir. Il m'a très peu parlé, mais j'ai senti combien il se sentait seul et bizarre et décalé aussi. Il dit qu'il n'y a pas de place pour lui à Paris. Il murmure plus bas qu'il ne sait pas s'il y a un endroit dans le monde où on laisse les homosexuels vivre simplement comme ils sont. Il a rompu avec sa famille, ou plutôt sa famille refuse de le voir depuis qu'il leur a dit « ce qu'il était ». Avais-tu remarqué tous les noms dont on les affuble, toutes les colères ou les silences que ces « gens-là » suscitent ? Il a fini par parler de l'Amérique. Et sinon de se jeter d'un pont. La fois d'après, quand on s'est vus, il avait retrouvé sa joie un peu forcée qui lui sert de carapace. On a beaucoup dansé. Il me fait faire des pirouettes qui laissent les gens admiratifs. Quand on entre sur la piste, maintenant, on s'écarte pour nous regarder.

À ce moment-là, je me sens comme une reine (presque aussi belle que toi !)

Surtout dis-moi si tu as lu mon souvenir de Lotte.

Je te prends dans mes bras et je t'embrasse de toutes mes forces !!!!!

Suzanne 67

PS : Je porte ton écharpe tous les jours, mamie Magda. C'est mon plus beau cadeau.

Lettre 14

De Suzanne à Magda

Mon souvenir avec Lotte, Dieter, Hans et toi.

On joue dans une grande pièce. C'est le soir de Noël. On attend. Au fond, il y a nos parents qui discutent et qui rient. Il y a l'odeur du cigare de papa. C'est toujours bon signe, ce nuage de fumée au-dessus de leurs têtes et les verres vides qui traînent encore sur les tables. Il est presque minuit, dehors il fait nuit noire, il a beaucoup neigé. C'est un Noël comme les dessine oncle Karl dans ses livres. En rouge et or, avec un traîneau, des rennes et une hotte regorgeant de cadeaux empaquetés.

Nous, on est surexcités, on court dans tous les sens, on a eu le droit comme à chaque Noël de venir à table et de la quitter, de monter sur les genoux des parents, de demander cent fois puis mille : « Quand est-ce qu'il arrive ? Bientôt, c'est dans longtemps ? »

Je me souviens que les grands veulent savoir si on

a bien été sages. Je me souviens qu'on hésite, on sait bien qu'on n'a pas été sages comme ils veulent qu'on le soit, ils nous regardent et nous, on a les yeux baissés.

Toi, tu leur as tout dit. Que tu avais avalé des chewing-gums. Que tu avais cassé ma barrette exprès parce que tu étais en colère et aussi que tu avais brûlé les cheveux de ma poupée.

Moi, j'ai dit « c'est pas grave ».

Je ne voulais pas que tu leur dises. Je te trouvais très bête. Le père Noël n'allait rien t'apporter. Je me suis mise à pleurer. Moi, j'ai menti sans honte. J'avais pas fait de bêtises. Aucune !

Ça les fait rire. On est toutes les deux très rouges.

La clochette du sapin carillonne…

Les grands crient et s'affolent. Le père Noël est à la porte, il faut aller nous cacher dans la chambre. On l'entend qui va et vient derrière la porte.

Mon frère Dieter se moque de nous. Lotte se fâche. Elle ne veut pas qu'il se moque. Il veut parler. Elle se jette sur lui et lui met la main devant la bouche. Ils se battent un peu. Elle le griffe. Il saigne.

On ne rit plus. On ne comprend pas. De l'autre côté du mur, les grands continuent à jouer au père Noël.

Dieter finit par le dire.

IL N'EXISTE PAS !

On ne le croit pas. Et puis, on reconnaît la voix d'oncle Karl qui demande très fort si tout le monde a été sage… À ce moment-là, il me semble qu'on a tous cessé d'être des enfants.

Lotte est très énervée conte Dieter. Ou contre le

monde entier. Elle s'est mise à trembler et à se balancer d'avant en arrière de façon frénétique. Tu essaies de la calmer. Tu la prends dans tes bras. Tu la rassures, tu n'arrêtes pas de lui dire que ce n'est pas grave. Tu fais comme si tu savais depuis longtemps. Toi, comme si t'étais la grande.

Lotte crie. Elle sait qu'il n'existe pas, elle dit qu'elle veut qu'il existe, alors il existe quand même. Elle ne veut pas veut pas veut pas. Elle continue d'y croire. Et Dieter est un imbécile.

Moi, je me souviens qu'elle me fait peur. Je ne veux pas rester un bébé. Je suis très très fière de connaître un secret de grand. Et quand, après, on va pour ouvrir nos cadeaux, je joue avec le petit Hans comme s'il était un bébé attardé.

Ce Noël-là, toi, tu n'as pas souri. Tu en voulais à tes parents de t'avoir menti. Je sais que tu t'es sentie trahie. Mais ce n'est pas ça qui comptait. C'était elle, le plus important. Comme si tu avais toujours voulu faire de sa vie un monde qui aille avec ses rêves. Et ne jamais lui lâcher la main.

Voilà, Magda, ce dont je me souviens. J'ai essayé d'être le plus près possible des images que j'en ai. Mais je me rends compte que, dès que je raconte, je donne un sens à ce que j'écris, peut-être même que je force le trait. Mettre des mots sur des sensations et, déjà, ça devient autre chose.

Tout ce qui compte, c'est ce que tu m'en dis.

Je t'aime, Magda, mon amie, mon amie.

Gazette de Lausanne

ET JOURNAL SUISSE

FONDÉE EN 1798

À propos de Makronissos

Qu'est-ce que Makronissos ? C'est une île grecque [...]. Une île aride, privée d'eau, sans un arbre, où sont déportés des détenus politiques, communistes, communisants, ou suspectés de l'être. Il y en avait encore dernièrement quinze mille, qui étaient retenus dans des camps de concentration, parmi lesquels des artistes, des intellectuels, tels le poète Jean Ritsos et l'écrivain Démètre Photiadis.

[...] Il y a peu de mois, en octobre et novembre 1949, des « expéditions punitives » de policiers ont fait irruption à Makronissos. Ayant sorti un groupe de déportés, ils leur brisent les membres, les frappent jusqu'à la mort, laissant les survivants sans soins, sans médicaments. Des lettres venues secrètement de l'île (appelée le « Dachau grec » par le journal parisien *Combat*) donnent des détails d'une précision terrible sur les tortures infligées à un groupe de 200 déportés considérés comme « incorrigibles », c'est-à-dire ayant refusé de signer des déclarations de repentir et de renonciation à leurs opinions. De véritables meurtres seraient ainsi commis jour après jour dans ce qu'on dénomme les « camps de rééducation ».

La Gazette de Lausanne 25.02.1950

Lettre 15

De Mitso à Cléomèna

Thessaloniki,
le 3 janvier 1967

Chère Cléomèna, ma sœur chérie,

Xonia polà, adelphi mou! Cette année 67 sera décisive pour nous, pour notre pays et pour le monde entier, j'en ai l'absolue certitude!

Enfin! Il est grand temps!

Tu m'as attendu à Noël. Je sais, je sais, Cléomèna, de là où je suis, je t'entends râler et poser des questions; c'est une torture pour toi, cette attente, et ce travail chez tes patrons français, une humiliation!... Je lutte tous les jours pour trouver une solution, il faut que tu me croies et que tu saches aussi que c'est plus difficile et complexe que prévu. J'en ai trouvé une qui ne va pas te plaire. Je crois même que tu vas me haïr.

Mais avant de t'envoler sur tes grands chevaux, réfléchis bien. Que tu refuses ou que tu acceptes ma proposition, ce sera ta vie entière que tu engageras. Il ne s'agit pas seulement d'une solution provisoire pour arrêter de travailler pour ces imbéciles, c'est aussi et surtout la possibilité réelle – et c'est la seule que j'aie trouvée – de t'inscrire à l'université. Maman est au courant, elle est maintenant d'accord avec moi.

Mais avant de t'en dire plus, pour que tu comprennes bien quels sont les vrais enjeux, il faut que je te raconte tout ce qui m'est arrivé, tout ce que j'ai appris sur nous, sur papa, et ce que j'ai deviné aussi. J'aurais voulu venir à Athènes pour te parler de vive voix. C'est difficile de t'écrire, ça rend les choses plus solennelles et comme définitives et cela me fait peur.

Je t'aime. Ne l'oublie jamais.

10 janvier

Rien ne s'est passé comme prévu.

Quand je suis arrivé à Thessaloniki, je suis allé tout de suite trouver le vieil ami de papa, Panayoti Dèdès. Et même s'il était prévenu de mon arrivée, il a blêmi en me voyant entrer dans son café. Comme souvent, on me confond avec papa. Du reste, ici comme ailleurs, une fois que les gens ont passé un long moment à me regarder avec des yeux incrédules, presque effrayés, ils finissent *immanquablement* par marmonner la même chose, qu'ils croient voir le fantône de papa, et *immanquablement,* je ris parce que papa ne riait jamais et que mon rire parvient quand même à effacer pour un temps leur trouble. Ils ont aussi tous demandé si maman était toujours aussi belle. Je n'ai pas raconté que toi, tu es mille fois plus belle. Ils ne m'auraient pas cru.

Pour le travail, Panayoti m'a présenté un peu partout. Je gagne tout juste de quoi manger et dormir en aidant à droite à gauche tous ces gens, sur les bateaux, dans les cafés, ou chez des épiciers. Mais ça ne peut pas durer. Il faut que je trouve un vrai travail. Je n'ai pas le temps de vraiment aller à l'université et ça me rend fou. Je croyais que Panayoti proposerait de m'aider un peu, c'est ce que papa avait l'air de croire aussi. J'ai compris que ça n'aurait pas lieu. Et même qu'en fait, sans le dire, ils attendent un peu que je m'en aille.

L'autre soir, Panayoti a commencé à dire que papa était trop intransigeant, trop radical et qu'il n'avait pas su s'arrêter quand il était temps. Ça m'a mis en colère. Je lui ai répondu ce que je pense, que mon père était le seul à avoir refusé de se compromettre. Que ces soi-disant copains, en fait, c'étaient tous des vendus. On a fini par se battre. On n'est pas près de se revoir.

Tu sais, Cléomèna, ce qui l'a tué papa, c'est pas toutes ces heures de torture, ni ces années d'exil, non, ce qui l'a rendu fou, c'est d'avoir été lâché par ses propres amis, par des communistes en cravate qui pensaient qu'il fallait tourner la page. Papa continuait de se battre, il n'a jamais pu renoncer à son idéal !

Pour cet été, il est question d'un travail sur les bateaux des riches touristes qui aiment les croisières en Méditerranée. Comme je parle quatre langues couramment, il paraît que je suis sûr d'être bien payé. Et avec cet argent-là, peut-être que je pourrai me payer un billet pour Cuba.

Ça te dirait, sœurette, de m'y accompagner ?

Maintenant, écoute-moi !

Je ne pourrai pas te payer tes études. Savoir que tu sers d'esclave à des petits bourgeois bêtes et prétentieux m'est insupportable. J'ai l'impression que jamais personne dans ces conditions-là ne pourra te respecter. J'ai cherché une solution et celle que j'ai trouvée est la seule qui te préserve du pire. Elle est aussi la seule qui te garantit un avenir. Je suis allé voir une marieuse et je lui ai exposé nos conditions. Tu es sans dot, tu es libre et tu es fière. Tu as besoin d'un homme à l'esprit ouvert qui t'autorisera à entrer à l'université et à travailler. Elle m'a ri au nez, la marieuse, tu imagines bien. Elle a voulu me jeter dehors. Après ça, j'ai montré ta photo. Elle a hoché la tête et m'a dit qu'elle allait voir ce qu'elle pouvait faire.

Elle a trouvé. Je l'ai rencontré. Il ne va pas te plaire. Il a trente-sept ans, il est laid, trop gras, il transpire toujours un peu. Mais il est très riche. Très. Il a l'air gentil. Et cultivé. Sans doute un peu ennuyeux. D'un point de vue politique, plutôt modéré. Sa famille a beaucoup souffert pendant la guerre civile. Il accepte aussi de s'occuper de maman. Et il est prêt à faire un contrat par écrit.

Il est souvent à Athènes. (Il voyage pour ses affaires, il fait du commerce, gère des hôtels dans les îles.)

Je lui ai dit que tu n'étais pas au courant de ma démarche. Il a souri. Il t'aime déjà. Rencontre-le, je t'en supplie, avant de refuser.

Maman a hurlé quand je lui en ai parlé. Et puis, elle a reçu ta lettre. Elle sait aussi que je veux partir à Cuba. Il nous faut trouver le moyen d'avoir un peu de liberté. Réfléchis.

J'attends ta réponse. S'il te plaît, ne tarde pas.

Mitso

Lettre 16

De Cléomèna à Mitso

JAMAIS !!!

Lettre 17

De Stavroula à Cléomèna

Plomari,
le 25 janvier 67

Ma fille chérie, *koukla mou,* je ne sais pas si tu as bien fait. Je te supplie de réfléchir encore un peu. Il n'y a pas de bonne solution dans notre situation. La seule possible, c'est celle qui permet d'échapper au pire.

Moi, c'est comme ça que j'ai toujours agi. Ce qui comptait pour nous, c'était de ne pas renoncer et je suis fière d'être allée jusqu'au bout. Je ne regrette rien. Mais je ne te souhaite pas cette vie-là, on a eu peur, on a eu faim, on a eu mal et tu sais comment ton père a fini.

Il y a toujours un prix à payer pour être libre. Je sais maintenant qu'il faut être surtout plus malin que ceux d'en face.

Regarde autour de toi.

Regarde qui gouverne, qui enseigne, qui surveille,

qui juge et qui soigne. Regarde qui écrit, qui peint, qui compose de la musique, qui construit des maisons et qui les imagine. Qui vole dans les avions, qui vogue sur les bateaux, qui roule sur les chemins… Nous, les femmes, nous leur servons surtout d'ornement et de ventre, pour leur plaisir et pour leur faire des enfants. C'est comme cela depuis la nuit des temps dans toutes les sociétés du monde. Nous sommes à leur service. Te crois-tu assez forte pour te faire une place dans ce monde-là par la seule grâce de ta beauté et de ton intelligence ? Si tu le crois, je te le dis, ma fille, tu te trompes. Ne perds pas tout ce que tu as appris dans l'eau sale d'une serpillière !

Au moins, rencontre-le, cet homme ; il est veuf, il a déjà vécu, il sera forcément moins arrogant qu'un plus jeune, et puis s'il n'a pas eu d'enfants de son premier mariage, c'est bon signe, c'est peut-être qu'il ne peut pas en avoir ou qu'il n'en veut pas. Il sera toujours temps d'y réfléchir quand tu auras un diplôme et un métier que tu auras choisi. Ton père serait furieux contre moi. Mais il n'avait aucune idée de ce que c'est que d'être une femme en Grèce aujourd'hui.

N'oublie pas qu'il te faudra toujours être plus forte qu'eux ; s'il te plaît, Cléomèna, choisis avec ta tête !

Stavroula

Lettre 18

De Magda à Suzanne

Berlin,
Le 20 janvier 1967

J'ai hésité, Suzanne, à ouvrir ta lettre-souvenir… Je l'ai glissée sous mon oreiller. J'ai touché le papier de l'enveloppe tous les soirs. Et j'ai décidé de la lire. Il s'est passé ce qui se passe à chaque fois qu'on me raconte quelque chose de ma vie d'avant. Un mélange de familiarité et d'étrangeté. C'est mon souvenir et ce n'est pas le mien. Ça ne m'appartient pas. Je suis toujours et encore face au même trou noir.

Mais quand même, depuis ta lettre, je me suis mise à rêver. Toutes les nuits. Et toutes les nuits, je fais des rêves de maisons.

Je vais d'une pièce à l'autre. Elles sont vastes mais vides. Sombres malgré les grandes fenêtres qui vont du sol jusqu'au plafond. La lumière est dehors. Jamais dedans.

La nuit d'après, je suis dans un appartement biscornu. Je connais l'endroit dans ses moindres recoins. Trop petit. Plein d'objets. Des livres, vêtements, petits fauteuils de velours et lampes à la lumière douce. Je m'y sens comme chez moi. On me demande d'en partir. Je le fais visiter. Le plafond est trop bas. Ça m'inquiète.

Et puis, parfois encore, je suis dans une grande pièce dont le sol est recouvert d'un carrelage à motifs bleu et beige. Elle s'ouvre sur la rue. Il y a beaucoup de bruit. Des gens qui passent et qui crient. Des voitures qui klaxonnent. Je suis allongée sur un lit. Je vois une personne de dos, penchée sur son bureau. Je la surveille. Je sais qu'elle va se lever. Mais elle ne se lève pas. Et ça la fait rire.

Celui-là, je l'ai fait plusieurs fois. Est-ce que c'est elle? Est-ce que c'est ma sœur Lotte? Penses-tu que ce que je vois en rêve soit un souvenir du dernier jour de sa vie?

Il me semble que oui. Je reconnais ces carreaux, je suis sûre qu'ils étaient dans la grande salle de séjour de l'appartement de la Bernauer Strasse.

Je n'arrive pas à demander à papa. J'ai peur de sa réponse.

Si ce n'est pas ma maison, je risque de ne plus croire à ce que me racontent mes rêves.

Et si c'est ma maison, papa va continuer de supposer que je lui cache ce que je sais.

Ces images qui me viennent la nuit sont comme des fils tendus au-dessus de l'invisible. Je m'interdis de faire trop de bruit avec ces sensations-là. Pas de mots. Pas de sons. Pas de gestes trop brusques. Être aussi imperceptible que l'air sur lequel s'appuie un papillon pour voler. Alors seulement, j'ai l'impression de ne plus être très loin de ma sœur et qu'elle m'a en quelque sorte rendu visite.

Merci, Suzanne. Merci d'être si attentive.

Tu m'as fait un cadeau précieux.

Ton amie pour toujours,

Magda

Lettre 19

De Suzanne à Magda

Paris,
1er février 67

Magda !

Je suis sûre que ces carreaux à boucles bleu et beige étaient dans ta maison !! Il a suffi que je lise ta lettre pour que ma mémoire les restitue précisément. Je peux même le dessiner…

Je me permets un conseil. Je pense que tu devrais demander à ton père. Oncle Karl a l'air beaucoup moins brutal que ce que je croyais. En tous les cas, il t'aime et il est là pour toi. Alors, fais-lui confiance !

Ce qui m'arrive à moi est tellement futile que j'hésite à te le raconter. C'est parce que tu insistes… Non, c'est pas vrai !!! En fait, je meurs d'envie de t'en parler. Si je m'interdisais de le faire, je crois que j'aurais mille fois moins de plaisir à le vivre !!!

Bon ! Alors voilà, samedi dernier, il m'est arrivé une drôle d'aventure !!!

Drôle ? Oui !

Bizarre ! Inattendue ! Excitante ! Amusante !

Une aventure pour de vrai !

J'étais au Golf et j'avais trop bu……. (oui !! je te l'accorde, j'ai un certain goût pour l'ivresse !!) Deux Martinis et surtout un Blue Lagoon (à cause de sa couleur incroyable et de son nom exotique !). J'ai bu deux ou trois verres de cette boisson divine (oui !! peut-être plus mais je ne me souviens plus !!!), je me sentais de plus en plus libre, légère, offerte à tous les possibles, joyeuse à voler dans les airs, entraînée par des gars sans visages. Bob m'a dit que j'étais magnifique, et je le crois.

Après…

Après, je t'accorde que cela se complique !!

Quand j'ai repris conscience, j'étais allongée sur une banquette dans un troquet que je n'ai pas reconnu. J'ai ouvert puis refermé les yeux, j'avais horriblement mal à la tête et je sentais mauvais.

Une femme à la voix rauque a pouffé :

– Y a votre p'tite qui se réveille...

J'ai fait une tentative pour me redresser mais ça tournait si fort que j'ai dû me rallonger aussitôt. Je les ai écoutés. J'ai vite compris qu'ils étaient cinq, deux filles et trois garçons, étudiants en lettres et en sociologie, et qu'ils avaient passé la nuit à faire la fête à plusieurs endroits avant de me ramener sur cette banquette en sky rouge brique qui était élimée jusqu'à la corde.

Ils étaient en train de débattre autour d'une théorie de Marx, un truc sur le travail et l'exploitation des masses, sur le fait que les progrès techniques n'amèneraient jamais une amélioration des relations des hommes entre eux et dans leur travail. Moi, je me suis rendu compte qu'il faisait jour, qu'on était dimanche et que je n'étais pas chez moi ! Qu'est-ce que je faisais là ?

J'ai fini par me redresser et j'ai vu mon reflet dans le miroir. Une pauvre fille, les cheveux défaits, pas de manteau, ma robe pleine de ce liquide bleu que j'avais avalé goulûment durant la nuit, mes bas filés...

Jamais de ma vie, je n'ai eu aussi honte.

La voix rauque a eu un geste vers moi, plutôt sympa :

– T'en fais pas, la petite, on est tous passés par là...

Elle a des yeux noirs et un sourire mutin. Un nez en trompette et un béret sur la tête. Elle fume des Craven A avec une nonchalance appuyée.

Elle s'appelle Déborah. Le garçon à côté d'elle, c'était Marcel (oui, c'était lui, et bien lui... il est tellement incroyablement, prodigieusement....

SÉ-DUI-SANT !!! Il y a dans sa silhouette quelque chose d'imprécis, de brouillon, je ne sais pas comment dire... Mais les filles clignent des yeux à chaque fois qu'il s'adresse à elles...).

C'est lui qui m'a ramenée chez moi sur sa Ducati rouge. Juste avant de repartir, il m'a proposé de les rejoindre dans un bar le week end suivant. J'ai accepté avec enthousiasme. Il a éclaté de rire et moi, je me suis sentie rougir. Alors il a déposé un léger baiser sur ma joue. Et je suis devenue cramoisie.

Il a ri encore, doucement, et il a démarré. J'étais un peu vexée. Et chavirée.

En passant le pas de la porte de chez moi, j'imaginais déjà la punition, les cris, les larmes, et les négociations... Mais rien... Dieter était enfermé dans sa chambre. Fanchette s'affairait dans la cuisine.

Quand elle m'a vue, elle n'a pas cillé. Elle m'a simplement raconté ce qui se passait. Maman était à l'hôpital, elle allait accoucher. Il fallait pas que je m'inquiète, tout était absolument normal... Et puis, elle s'est tournée vers moi et elle s'est approchée tout près. Elle me faisait face. Je ne comprenais pas ce qu'elle me voulait. Je me suis penchée un peu vers elle, je pensais qu'elle voulait me murmurer quelque chose à l'oreille mais elle m'a balancé une gifle à travers la figure, de toutes ses forces.

Oui, Magda, tu as bien lu !!! J'ai eu la joue rouge et légèrement enflée pendant trois jours de suite.

– Plus jamais tu disparais toute une nuit ! Jamais, c'est vu ?

Je suis restée bouche bée. Je n'avais même pas crié. Elle était déjà retournée à ses fourneaux.

Voilà, Magda, ici s'achève l'épisode 1 de mes aventures. J'ai bien l'intention de rejoindre ce jeune homme dans quelques jours. Et j'ai décidé aussi de me remettre à mes études. Je me suis sentie si bête à les écouter. J'ai vraiment le sentiment d'avoir fait une rencontre incroyable!!!

Suzanne, fille-de-banquier

PS: Je sais que ça a l'air de rien, mon aventure, et que j'ai l'air de m'enthousiasmer pour une broutille ! Mais ils ont l'air tellement libres!! Tellement vivants!!! Tellement modernes!!!!!!!

PPS: As-tu remarqué que tes lettres sont de plus en plus longues? Réponds-moi vite!

Ilse et Maxime Lavagauleyne
partagent avec Dieter et Suzanne
la joie de vous annoncer
la naissance de

Léon

le 14 février 1967

Famille Lavagauleyne – 4, rue de Fleurus 75006 Paris

Lettre 20

De Maxime à Ilse

Paris,
5 mars 67

Ma chère Ilse, ma chère épouse,

Je t'écris un peu en désespoir de cause puisque tu tournes la tête quand tu me vois et que tu refuses de me parler. Tu n'arrives même pas à prendre ton bébé dans tes bras. Ce qui t'arrive me fait peur. Les médecins parlent de dépression et je n'y comprends rien. Léon a besoin de toi, de ton amour, de ton attention. Tu ne voulais pas de ce bébé. Cette idée me fait mal. Je préfère penser que ça te passera. Ressaisis-toi ! Je crois qu'il suffirait que tu y mettes un peu plus de toi-même pour tenir debout. Essaie de te lever, de faire ta toilette, de t'habiller…

Je perds souvent patience. C'est *tellement* incompréhensible pour moi, tellement loin de la femme que tu as toujours été… Comment peut-on ne pas vouloir de son propre enfant? Je croyais sincèrement que voir notre fils t'aiderait à retrouver un peu de bon sens. Je me suis trompé. Je veux bien le reconnaître. Mais quand je te demande ce dont tu as besoin, tu ne réponds rien. Ou tu pleures. Il faut que tu arrives à reprendre des forces, ma chérie, s'il te plaît, fais-le pour moi, fais-le pour nous. Le psychiatre m'explique que ce n'est pas une question de volonté. Et que c'est le propre de cette maladie que de ne plus rien vouloir.

Je sais que j'ai des torts. J'ai des aventures parfois mais qui n'ont aucune importance. Tu es ma femme, tu es aussi la mère de mes enfants, tu es celle que j'ai choisie et que je garderai toute la vie. Tu es la seule qui compte.

Faisons la paix. Reprenons notre vie d'avant. Je suis perdu sans toi.

Je te revois telle que je t'ai vue la première fois en 1947 sur ce chantier de l'aéroport de Berlin. Menue, nerveuse, tenace. Tu avais faim, tu étais maigre et épuisée – certes ni plus ni moins que ces centaines d'autres femmes qui étaient venues elles aussi pour porter des pierres et gagner de quoi se nourrir – mais toi, tu étais lumineuse, enthousiaste, acharnée au travail. Tu aimais tant la vie ! Et malgré tout ce qui t'était arrivé, à toi et à ton petit Dieter, tu avais les yeux rieurs et confiants dans l'avenir. Je suis instantanément tombé amoureux de cette femme-là qui était solide, indestructible en plus d'être d'une élégance hallucinante.

Je veux croire qu'elle n'a pas disparu parce que c'est d'elle que j'ai besoin ; elle me manque douloureusement.

Je t'embrasse tendrement,
Maxime

Lettre 21

De Magda à Suzanne

Berlin,
6 mars 1967

Ma chère Suzanne,

Quel effet ça fait d'être la très grande sœur d'un tout petit Léon ?

J'ai du mal à imaginer ce que tu peux ressentir... Tu dois être émue et bouleversée, pas vrai ? J'ai envie de croire que Léon illumine vos journées et que sa présence efface les difficultés des derniers mois. Est-ce qu'il te reconnaît ? Est-ce qu'il te donne envie de devenir maman ? Je me demande quel lien vous allez avoir tous les deux alors qu'il y a dix-huit ans de différence entre vous.

Et moi ?

Moi... ??

Comme d'habitude, à la fois tout et rien. Je tourne

en rond. Je compte les jours jusqu'à l'été. Au lycée, je souffre de ma solitude forcée. Mais sans rien faire contre. J'ai fini par m'inscrire à un club de lecture organisé par un prof d'histoire un peu provocateur qui déchaîne les passions au lycée. Il a des opposants énervés et des fidèles enthousiastes. Je suis quand même curieuse d'aller voir. Je n'en ai pas parlé à papa. Je suis sûre qu'il serait contre.

Mais j'ai besoin de changer d'air. Il n'imagine pas à quel point. Ou alors, il fait semblant de l'ignorer. Et c'est pire.

Je ne supporte plus cette situation. Je ne suis pas cette fille sage et silencieuse qui marche les yeux baissés. Qui devient transparente. Je sens que je vais exploser.

J'ai reconnu les carreaux que tu as dessinés. Ce devait être ceux de notre chambre dans l'appartement de la Bernauer Strasse. Mais ma sœur n'apparaît plus dans mes rêves. C'est pas grave. Je l'attends. Je lui en veux. Elle m'énerve. Oui. Elle m'énerve. Je ne sais pas pourquoi. Papa a raconté qu'on était inséparables. Qu'il y avait un lien très singulier entre nous. Malgré notre différence d'âge. Et tu vois, dans ton souvenir de Noël, c'est la même chose. Toujours ce lien entre nous deux.

Papa dit qu'elle était étrange. Qu'elle était née pendant les bombardements à Berlin et qu'elle en avait gardé une nervosité extrême. Elle faisait des crises. Des crises où elle se faisait mal. Se jetait contre les murs. Elle s'est même cassé un bras, une fois. Elle ne parlait pas de ce qu'elle ressentait. Il fallait juste une série de rituels pour qu'elle retrouve son calme. Par exemple, faire le tour du quartier en empruntant toujours le même chemin. Faire trois pas en avant et trois pas en arrière devant la porte bleue de la maison avant de rentrer. Réciter des formules dans le même ordre au même moment. Se laver les mains avant de sortir dehors. Parfois, rien ne parvenait à empêcher la crise d'arriver. Sauf moi.

Je me sens responsable. Tu as raison. Je ne connais pas l'insouciance.

À part toi, tout le monde se fiche complètement de ce que je peux ressentir. Du moment que je suis là. Debout. Solide. Fiable.

Je veux sortir de ce labyrinthe où je me perds. J'en ai assez.

Je veux vivre libre !

Je veux de l'air. Des rires. Des pirouettes. De la légèreté.

As-tu revu ce beau garçon à la moto, qui a l'air absolument irrésistible ?

Magda

PS : J'ai quelque chose à te dire. À t'avouer. Je ne sais pas comment faire. Jure-moi sur ce que tu as de plus cher que tu m'écouteras sans me juger. Jure-le-moi, s'il te plaît.

Lettre 22

De Stavroula à Jacques Fontaine

Plomari, mars 67

Cher monsieur l'ambassadeur,

C'est en désespoir de cause que je m'adresse à vous. J'espère que vous lirez ces quelques mots. Pardonnez mon audace, je ne serai pas longue. Il s'agit de ma fille, Cléomèna Rounaris. Dans une des dernières lettres qu'elle m'a envoyées, il y était question de vous et de votre bienveillance à son égard. C'est pourquoi je me tourne vers vous. Avez-vous de ses nouvelles ? Moi, je n'en ai plus. Mes envois restent sans réponse. Elle est peut-être en colère contre moi. Mais cela fait maintenant trop longtemps. Elle m'avait donné sa parole. C'est pourquoi je suis folle d'inquiétude. Son frère et elle sont tout ce qui me reste.

Dans l'attente respectueuse de nouvelles de votre part,

Stavroula Rounaris

Lettre 23

De Suzanne à Magda

Paris,
15 mars 67

MagdaMagdaMagda…!! … (*Soupirs*)

Par quelle étrange question tu finis ta dernière lettre…! Comment oses-tu douter de moi? T'ai-je jamais jugée? Cela pourrait réellement me vexer si, te connaissant, je ne soupçonnais – à ces précautions que tu prends – qu'il s'agit de quelque chose de grave? Rien, Magda, ne pourra remettre notre amitié en cause. Rien, vraiment, tu peux me faire confiance.

Tu me demandes de jurer sur ce que j'ai de plus cher. Ça m'a laissée perplexe. Je n'ai pas su répondre et c'était troublant. Peut-être que je te le jure *sur la tête de Léon,* non qu'il me soit plus précieux que ne le sont mes parents ou mon grand frère, mais lui, il est tout neuf, tout fragile, on ne peut pas vraiment lui vouloir du mal. C'est même plutôt l'inverse. J'ai envie de protéger ce petit bonhomme innocent. Alors, je te le jure, Magda, sur la tête de Léon, je ne te jugerai pas, quoi que tu me dises, quoi que tu aies à m'avouer. Mais fais-le vite car toutes ces précautions m'inquiètent.

Je suis devant la feuille blanche que j'ai envie de remettre là où je l'ai trouvée, dans le tiroir du bureau de ma chambre que je regarde du fond de mon lit où je suis actuellement assise en tailleur, adossée contre cinq coussins, alors même que je cherche mes mots, énervée sans raison, incapable de me concentrer, encore moins de commencer réellement à t'écrire, prête à renoncer une fois encore, comme tous les soirs depuis quelque temps.

Finalement, je suis retournée à mon bureau. Il fait nuit noire. C'est si étrange, tout ce silence dans cette grande maison depuis que maman n'est plus là. Elle est partie à Bazolles depuis quinze jours. Je ne suis pas sûre que grand-mère lui fasse du bien, mais papa a décrété que c'était la meilleure solution. Elle va très mal et, du coup, pour te répondre, je ne sais pas ce que j'éprouve pour ce Léon que je n'ai croisé que quelques jours pendant lesquels il n'a pas arrêté de pleurer. Il est moche, tout rouge, plein d'eczéma. Il se tortille comme un ver parce qu'il a mal au ventre. C'est vrai aussi que, quand il a entendu ma voix, il s'est arrêté tout net de crier et il a ouvert grands les yeux. Je me suis approchée de son berceau et ça m'a fait tout drôle de sentir sa petite main serrer mon doigt très fort !!!

Papa aurait bien voulu que je descende avec maman au château. Mais elle a soudain retrouvé toute son énergie pour m'ordonner de passer mon bac. Papa n'a pas osé la contredire. Et moi, je ne leur ai évidemment pas dit que je n'allais plus au lycée…

Dieter est furieux tout le temps. Très agressif. Encore plus que d'habitude… D'ailleurs, je ne suis pas sûre d'aimer mon grand frère. Péremptoire, arrogant, et toujours à me considérer comme une petite fille sans importance, il imite papa si bien qu'il est mille fois pire que lui. Mille fois !!!

J'ai donc repris le chemin de l'école. De mauvaise grâce et plus ou moins régulièrement. Et je traîne avec « ma » nouvelle bande que je retrouve vers la place Saint-Sulpice, dans un petit troquet juste derrière l'église. C'est leur QG, on y refait le monde en fumant des Craven A. Et on prépare des manifs contre la guerre au Viêt Nam. Je crois qu'ils m'aiment bien. Ils m'appellent « la petite ». C'est vrai qu'en plus d'être beaucoup plus jeune, je suis assez novice dans le combat politique d'extrême gauche !!

L'autre fois, ils m'ont embarquée à Nanterre pour soutenir une manifestation des étudiants de l'université. On est passés par Saint-Lazare. Dès le quai de la gare, des étudiants distribuaient des tracts. Ils ont des revendications sur le règlement intérieur de l'internat. Ils sont contre la séparation garçons-filles et réclament la libre circulation de jour comme de nuit.

Au premier abord, Nanterre, tu sais, c'est franchement sinistre. En chantier. Il faut que tu imagines de grands bâtiments en béton, impersonnels et froids, séparés les uns des autres par des terrains vagues. Les chambres des étudiants sont toutes petites, elles donnent à perte de vue sur des terres en friche, boueuses, striées par les traces des pelleteuses. Et si on cherche à passer la frontière que dessinent les bâtiments de l'université, on tombe sur du plus moche encore. Ce sont des bidonvilles, m'a expliqué Déborah (la fille à la voix rauque) qui a pris le temps de me faire faire la visite tout en ne cessant de se moquer de moi à cause de mon côté oie blanche. Ces bidonvilles sont occupés par des immigrés, surtout des Maghrébins, qu'on a fait venir en France parce qu'on a besoin de main-d'œuvre. Ils sont parqués là comme du bétail. Ça m'a vrillé le ventre d'imaginer ce que doit être leur vie.

– L'oiseau sort de sa cage dorée, a ironisé Débo.

J'ai baissé les yeux pour cacher mon embarras. Elle a raison. Malgré tout, j'ai l'impression qu'elle ne me juge pas. Elle me bouscule, elle se moque, elle est parfois agacée et même consternée, mais elle ne me laisse pas sur la touche. Marcel a beaucoup d'admiration pour elle. Je les ai vus s'embrasser parfois. Évidemment, ça leur arrive de coucher ensemble.

– Mais on est libres, a martelé Débo le jour où elle m'en a parlé, on ne veut pas s'engager avec quelqu'un et se faire des promesses pour toute la vie, t'es d'accord ?

Je n'ai pas répondu. J'essaie de m'adapter.

Et puis, je vois bien que quand on rit ensemble, Marcel et moi, ça la dérange un peu quand même.

Mais pour eux, l'essentiel, c'est de se battre pour faire avancer leurs idées.

Sur les tracts qu'on a distribués, j'ai pu lire noir sur blanc des phrases que je n'oserais jamais prononcer en public. C'était une sorte de manifeste où on dénonce tous les interdits autour de la sexualité, où on réclame un changement des mœurs, où on met en avant la satisfaction du corps.

J'ai essayé d'en apprendre un peu plus sur Marcel. Déborah a bien voulu me raconter qu'il est fils d'instituteur, fâché avec sa famille parce qu'il veut faire du cinéma et que son père trouve que ce n'est pas un métier. Il vit dans une chambre de bonne tout près des Gobelins. Il a plusieurs maîtresses.

Une fois, on s'est embrassés.

Mais il ne s'est rien passé d'autre. C'était qu'une fois comme ça et, pour lui, je crois que c'était vraiment sans importance.

Et puis ça m'a fait pareil que les autres fois. Quand un garçon m'embrasse, j'ai l'impression de devenir quelqu'un d'autre. Une partie de moi y prend du plaisir et une autre se moque, se raidit, se refuse. Je me sens maladroite. Et même franchement ridicule.

Bon, ma chère amie, qu'en dis-tu ?

Je t'imagine en train d'évaluer la situation...

Es-tu amoureuse ? me demandes-tu comme un médecin qui prendrait mon pouls en fronçant les sourcils.

Je soupire… *Peut-être…*

J'hésite… *un peu…* oui… *et même un petit peu plus qu'un petit peu quand même !*

Mais pas vraiment non plus…

Sous le charme, me semble plus juste, plus approprié…

Voilà plus de quatre heures que je suis en train de t'écrire. Ça me fait tant de bien, ma douce, d'être avec toi malgré tout.

Tourbillonnée-Suzanne-la-tourneboulée

J'ai découvert Nanterre!
Plus rien n'est comme avant!

J'ai vu des bidonvilles,
je chante Nougaro
moi je nous trouve égaux

et toi, Camarade
as-tu vu des bidonvilles?

Viens et
Regarde-les dans les yeux
Moi, je les ai vus, camarade,

Plus rien n'est comme avant
Je veux nous croire égaux!!

Lettre 24

De Fanchette à Suzanne

Bazolles,
24 mars 67

Ma petite Suzanne,

Comment ça va à Paris? Ici, c'est quand même assez dur, j'ai plus vingt ans, ça se fait sentir dans les genoux. Et puis, c'est triste toute cette histoire. Ni ta maman ni le bébé ne vont bien. Je sais plus comment faire. Surtout que M. Maxime fait l'autruche.

Je me demande si elle va s'en sortir, Mme Ilse. Elle me fend le cœur à regarder le plafond du matin jusqu'au soir. Je me fais du mauvais sang. Je crois qu'il faudrait qu'elle rentre à Paris parce que Mme Delphine, elle va la rendre folle pour de vrai. Tu peux le dire à ton père ? Je sais, c'est pas facile mais faut le faire. Moi, il m'écoutera pas. Maintenant, je t'embrasse et j'espère que tu es bien au travail.

Fanchette

Lettre 25

De Magda à Suzanne

Paris,
le 2 avril 67

Ma chère Suzanne,

Je pensais venir pour Pâques. Papa m'a fait comprendre qu'il préférait que je sois à Berlin avec lui tant que le reste de la famille ne nous aura pas rejoints de ce côté-ci du mur. Je me suis énervée. C'était déjà le cas à Noël. Les mêmes phrases. Patience. Et pas d'explications. Je ne peux pas continuer à me mettre entre parenthèses jusqu'à la nuit des temps. Je lui ai dit que j'étouffais. Que je voulais être un peu plus libre que je ne l'étais. Ou au moins en apprendre un peu plus. Partager cette attente.

Il m'a répondu un truc très méchant. Il a dit que je n'avais pas changé. Que j'étais toujours aussi égoïste qu'avant. À ne penser qu'à moi et à mon propre confort.

Ça m'a fait tellement mal que je me suis refermée comme une huître. Depuis, je n'ai pas desserré les dents. Je ne veux plus lui parler. Il s'est excusé vaguement. Mais j'ai refusé qu'on s'explique. Ça fait plus d'une semaine qu'on n'a pas échangé un mot.

Je vais craquer. Je suis blessée. J'ai envie de m'enfuir en courant. J'en viens à détester ma famille et tout ce qu'elle représente d'enfermement et de secrets bien gardés.

Ce que je ressens, cette urgence à vivre, cette envie de fuir, je l'ai déjà éprouvé. Je ne sais pas d'où me viennent mes souvenirs. Par exemple, hier, soudain, sous mes yeux, il y a eu cette image qui était quasiment réelle.

Je suis debout. Très raide. Devant un bureau dans une classe. Frau Schlüter me demande quelque chose. Je réponds plusieurs fois « je sais pas ». Je le fais exprès pour l'énerver. Elle est injuste. Je ne veux pas baisser les yeux. Je lui résiste.

Soudain, elle se met à crier. Elle est exaspérée. Elle s'approche de moi. Elle sent mauvais, ce qui est impossible, je m'en souviens précisément, Frau Schlüter est une femme toujours impeccable, nette, irréprochable. L'évidence, c'est qu'elle a peur et qu'elle a peur à cause de moi. Ce que je fais va m'attirer des ennuis, à moi comme à elle. Je fonds en larmes mais je refuse de faire ce qu'elle me demande. Il n'y a aucune réaction. Je ne céderai pas. Jamais.

Dans la classe, pas un bruit. Pas un rire moqueur.

Pas un regard de travers. Pas un souffle d'air. Rien qu'une gêne animale pour ce qui va me coûter cher.

Je sais qu'après je vais devoir aller au milieu de la cour sur une estrade faire mon autocritique. Je me persuade qu'il faut le faire. Toute l'école est là. Les profs et les directeurs et des responsables des jeunesses du Parti. Jusqu'au moment où je monte sur l'estrade, je suis persuadée que je vais m'excuser. C'est mieux pour moi. Pour mon avenir. Je vais le faire. C'est facile. Au moment où j'ouvre la bouche, je fais le contraire. Je dis la vérité. J'ai tort. Je perds le droit de faire des études. Mais je ne regrette pas. Je le sais. Encore maintenant, alors que je te l'écris, j'éprouve ce sentiment de faire quelque chose de juste. Et qu'il n'y a rien de pire que de perdre sa dignité. Pouvoir supporter son reflet dans le miroir.

À la maison, j'imagine que tout le monde a dû m'en vouloir.

Alors, tu vois, s'il le faut, je vais trouver le moyen de te rejoindre à Paris. Je ne sais pas si je le ferai… Mais te l'écrire me fait du bien.

Je t'embrasse, ma chère Suzanne. Quand je suis triste, je pense à toi, c'est comme savoir que les refuges existent.

Magda

PS : Cette *chose* que je dois te dire et qui me pèse tant, je n'arrive pas à te l'écrire. Je le ferai quand nous nous verrons cet été. Promis !

Lettre 26

Ilse Lavagauleyne au député Lucien Neuwirth

Monsieur le député,

J'ai beaucoup d'admiration pour le combat que vous menez qui vise à faire adopter le projet de loi autorisant la contraception en France. Jamais je n'aurais imaginé que fussent possibles les propos délirants que votre proposition provoque, ces accusations de pornographie, cette peur de voir la France victime d'une « flambée d'érotisme ». Je suis consternée par leur violence, par cet étalage de vulgarité, par la vision que les députés de notre Assemblée nationale ont de ce que doit être une femme. Plus consternée encore par la fureur de l'Église catholique et l'énergie farouche que déploient les prêtres pour empêcher que la question ne soit tout simplement posée et débattue avec un tant soit peu de décence et de sérénité.

Mais de quoi ces hommes ont-ils donc tous si peur ?

Ces mots, ces postures hystériques, ces discours outranciers me blessent en tant que femme et en tant que mère évidemment. Plus d'une fois, j'ai loué secrètement votre persévérance et votre patience dont dépend notre sort. Merci pour ce combat mené *en notre nom* à toutes puisque nous n'avons pas plus de place à la Chambre des députés que nous n'en avons sur la place publique et dans nos propres familles. Votre conviction inébranlable force le respect.

Je ne supporte plus cette volonté de contrôler et de soumettre le corps des femmes en vertu de principes moraux qui tombent du ciel et se prétendent irréfutables. Je ne supporte plus d'être condamnée à ce déterminisme naturel.

J'ai fait une grave dépression après la naissance de mon fils que je ne voulais pas avoir et que je n'arrive pas à aimer. Je vais mieux. J'ai failli en crever.

Vous me donnez la force de me remettre à vivre.

Respectueusement,

Ilse L.

Lettre 27

De Magda à Dieter

Berlin,
4 avril1967

Dieter,

J'ai plus d'une fois commencé une réponse à tes lettres. À chaque fois j'ai renoncé. Dans la dernière, tu me menaces de « tout révéler ». Il faut bien que je te réponde.

Ce sera mon unique lettre, Dieter. Aucune menace ne pourra rien y faire. Notre correspondance est aussi impossible que l'a toujours été notre relation. Nous sommes cousins. Ce que nous avons fait ne se fait pas. Je croyais que tu l'avais admis.

Mon retour à Berlin est une manière pour moi de tourner la page. Je veux oublier ce qui nous est arrivé. Je voudrais que tu l'oublies aussi. Peut-être cette distance me permet-elle à moi plus qu'à toi de mesurer la folie de cette histoire. Je ne sais pas. Mais pour être tout à fait sincère, j'ai honte de moi chaque fois que j'y pense. Honte au point d'en avoir un profond dégoût de moi-même. Le pire étant sans doute d'avoir fait cette chose-là sous le toit des gens qui m'ont recueillie et que j'ai trahis.

Ces mots-là t'exaspèrent. Je devine à quel point cette lettre va te mettre en colère. Mais la vérité, la voilà : j'ai vécu notre relation comme une prison. Non, je ne t'ai jamais aimé.

Alors pourquoi me suis-je laissé embarquer dans cette folie pendant si longtemps ?

Je ne sais pas.

Cela fait trois fois que je recommence cette lettre. Je pèse chaque mot que je t'adresse, mais ce que j'essaie de comprendre ne se comprend pas. C'est impossible de le mettre à distance. À nouveau tout s'embrouille. Je ne sais plus très bien ce que je pense et encore moins si ce que j'en dis est juste. Tout devient trouble quand je suis avec toi.

Et cette sensation-là s'est imposée d'emblée, dès la première fois, à ce concert sur la place de la Nation. Au début, entre nous, c'était si joyeux et léger. Quand Suzanne nous a entraînés à ce concert, est-ce que tu avais déjà l'intention de me séduire ? Je me souviens, on écoutait la radio. On a entendu qu'il y aurait Johnny Hallyday ! On était surexcités tous les trois à l'idée de danser et de chanter en plein air, en pleine rue, dans la nuit à Paris.

Toi, tu avais déjà dix-sept ans et nous, pas tout à fait quatorze. Ça me semble si loin…

Maxime t'avait très solennellement chargé de notre protection. M'as-tu embrassée par hasard ou est-ce que je suis tombée dans un piège que tu préméditais depuis longtemps ? La seule chose dont je sois sûre, c'est que c'est arrivé sans que je l'aie décidé, en quelque sorte sans moi. Longtemps, je me suis dit que c'était à cause de cette fête un peu folle. La joie qu'on partageait tous, en même temps, sur cette musique, être soudain si libres, c'était le début de l'été, le début de notre vie, c'était une explosion de plaisir. Sans ça, aurions-nous jamais osé nous tenir ainsi au milieu de la foule l'un contre l'autre et nous embrasser ?

On avait honte, Dieter, dès cette première soirée, et cette honte-là ne nous a jamais quittés, tu en conviens, n'est-ce pas ?

J'arrête là ! Ça suffit ! Il faut que tu le comprennes.

Pourquoi je me suis laissé embarquer dans cette histoire avec toi ? Peu importe ! Pour moi, c'est fini.

Et puis, je me fous de tes menaces, Dieter. Tu ne me fais pas peur.

Fiche-moi la paix !

Magda

salut les
copains
SPECIAL JUILLET AOUT 1962/1,50 NF.
BELGIQUE 18 FR./SUISSE 1,40 FR./CANADA 50 CENTS
LES PAROLES
DE VOS CHANSONS
PREFEREES
ray charles et fats domino
SYLVIE EN COULEUR!!!
rock! twist! (72 pages) rock
un concours formidable
POUR OU CONTRE? VINCE TAYLOR
SI VOUS VOULEZ CHANTER COMME MOI... par BRENDA LEE
N'OUBLIEZ PAS EDDIE MITCHELL
Johnny Hallyday

Lettre 28

De Dieter à Magda

Tu te fous de mes menaces, Magda ?!

Toi, l'irréprochable cousine de notre sainte famille ! Eh bien moi, je me fous de tes arguments de gentille petite fille sage écrits de ta belle écriture ronde parce que je connais l'autre, la jeune femme qui aime le plaisir, celle qui brave les interdits et qui défie les conventions.

Je me fous de tes yeux bleu acier
Je me fous de ta silhouette de biche effarouchée
Je me fous de voir tes petits seins en pointe m'apparaître en rêve toutes les nuits
Je me fous de te voir au coin de chaque rue que j'arpente seul
Je me fous aussi de tous ceux qui essaient de me dicter ma conduite
Et parfois même j'arrive à me foutre de ce que tu peux penser de moi

Je ne crois aucun de tes mensonges. Pas une seule fois en trois ans tu ne m'as repoussé. Pas une seule fois non plus je ne t'ai forcée. Jamais je n'ai eu en face de moi ou dans mes bras ou dans mon lit cette jeune femme réticente que tu décris. Je ne peux même pas dire non plus que tu étais timide. Ou même simplement réservée.

Tu crois tromper qui, Magda? Qui venait me rejoindre dans ma chambre? Oserais-tu prétendre ne jamais y avoir pris du plaisir? Je ne te ferai pas l'affront d'aller plus loin, de te rappeler des souvenirs plus intimes mais, si tu étais là, je le ferais, je me glisserais contre toi et je murmurerais à ton oreille tous ces mots que tu adores entendre.

Comment peux-tu croire que j'avais «prémédité» notre premier baiser? – *C'est comme ça que tu parles de moi? Comme d'un assassin qui prépare son crime à l'avance?* Tu me plaisais, c'est vrai, mais comme on aime être avec quelqu'un, tu es ma cousine, je n'imaginais rien d'autre, on parlait l'allemand en cachette et sans doute que ça avait créé entre nous une complicité particulière. Mais ce soir-là, à la Nation, personne n'avait imaginé la tournure que prendrait le concert, pas même les organisateurs de *Salut les copains*. Cette foule qui s'est amassée au fil des heures, de plus en plus joyeuse et animée, c'était un cadeau du ciel, l'apparition de quelque chose de nouveau. Nous étions nombreux, si contents d'être ensemble, nous deux, et tous les autres, emportés par la musique, excités, surexcités même, hurlant à tue-tête, débordant d'énergie. Juste incroyablement heureux d'être là, à rire, à chanter et à twister.

Quand j'ai dit à mes deux copains, Gilbert et Jean, que tu étais une amie de ma sœur Suzanne, tu n'as pas protesté. Tu m'as même jeté un petit sourire en coin. Un peu après, profitant d'un mouvement de foule, je t'ai pris la main. On était *tous les deux* surpris par ce qui était en train de nous arriver. Tu as serré un peu plus fort ma main dans la tienne. Mon cœur battait très fort, Johnny Hallyday hurlait dans son micro...

Arrête le temps
Je t'en supplie
À l'infini
Retiens la nuit...

Alors on s'est embrassés. C'était magique. Fou, insensé, interdit, si tu veux. Mais c'était surtout l'évidence même.

Je n'oublierai jamais le sentiment que j'ai éprouvé à ce moment-là. Le bouleversement que c'était d'avoir senti la douceur de tes lèvres sur les miennes, et tout ça trouvait un écho exact dans le monde dehors.

C'est comme si j'avais découvert avec toi l'envie de changer le monde. Et de me battre, d'en débattre et d'en découdre frontalement et sans pinailler. C'est grâce à toi que j'ai décidé d'en finir avec l'humiliation.

Il se trouve que j'ai rencontré des types à la fac qui sont dans un syndicat d'étudiants. Ils comprennent ce que j'éprouve. Ils sont furieux contre le monde comme il est, ils sont anticommunistes et mettent en avant des valeurs occidentales.

C'est assez exaltant d'être admis parmi eux. J'ai trouvé un endroit où je peux parler librement. De tout et de cette violence nécessaire pour changer le monde et faire gagner les meilleurs d'entre nous.

Je me fous d'avoir une réponse de ta part. Je m'en fous puisque je t'aime. Et toi, tu m'aimes aussi.

Dieter

Lettre 29

De Suzanne à Magda

Paris,
le 7 avril 67

Ma chère Magda,

Ta dernière lettre m'a vraiment inquiétée. Je ne supporte pas de te sentir si mal. Je ne comprends pas pourquoi ton père est redevenu cet ours agressif et mauvais. Comment ose-t-il te juger avec tant de mépris ?

Moi, je te le dis, Magda, tu es libre. Je le sais depuis toujours. Tu l'es beaucoup plus que n'importe qui autour de moi. Et tu n'y peux rien. Tu es née comme ça. Et c'est comme ça que je t'aime.

Peut-être devrais-tu quand même demander à ton père pourquoi il a été si méchant. D'ailleurs, d'après ce que tu dis, il s'est excusé. Tu es si fière que tu n'as même pas vu que cela a dû beaucoup lui coûter, tu ne crois pas ?

L'été approche, nous nous verrons bientôt. Je m'en réjouis tellement. J'en ai besoin aussi, tu sais. Parce que ma vie n'a rien de folichon non plus !

Entre Marcel et moi, il ne s'est rien passé.

Le pire, c'est que je me sens de plus en plus mal depuis que je le connais. J'ai grossi. J'ai des boutons sur le visage, sur le front surtout, qui parfois deviennent très rouges et forment alors de véritables plaques qui dessinent entre deux mèches de cheveux comme des îles aux contours escarpés. Mes seins sont tout petits. J'ai les épaules trop larges, les mollets comme des piliers d'église sans chevilles et sans grâce, c'est ça, Magda, j'ai trouvé le mot qui me convient le mieux. Je suis une fille sans grâce. De celles qui passent et repassent sans qu'on puisse les décrire ou retenir leur nom.

Un soir, Marcel m'a amenée chez lui. Il vit dans une toute petite pièce sous les toits, dans le quartier des Gobelins, juste au-dessus d'une échoppe où travaille une repriseuse de bas, qui le salue avec un grand sourire coquin à chaque fois qu'elle le voit. J'ai cru, Magda, que j'allais enfin vivre ma première nuit d'amour.

Eh bien, je me suis trompée !!! Tu sais ce qu'il m'a dit ?! Ce qu'il a osé me dire !??? !

Il a murmuré tout doucement dans le creux de mon oreille, le pire qu'on m'ait jamais dit... Que sous mes airs de duchesse hautaine à qui tout était dû, il y avait une toute petite fille fragile et bouleversante qu'il aimait énormément.

J'en suis restée sans voix !! Il aimait la-petite-fille-fragile-et-bouleversante. Il a ajouté que j'étais un peu comme cette petite sœur qu'il n'avait jamais eue !!!

Je suis rentrée chez moi ce soir-là plus déprimée que je ne l'ai jamais été de ma vie. Magda, je crois que je vais finir bonne sœur. Je me sens moche, moche, moche !

Quelques jours plus tard, il m'a proposé d'aller au cinéma. Il avait de nouveau ce regard joueur et enjôleur auquel je ne sais pas résister. Et pendant toute la séance, j'ai quand même rêvé qu'il me prenne dans ses bras.

Oui, tu as raison, je n'ai aucune fierté !!

J'ai posé mon stylo juste après avoir écrit la dernière phrase. J'ai pleuré. Beaucoup. Mais ne t'inquiète pas, c'est tout simplement nerveux !

Parce qu'il y a tout le reste que je ne te raconte pas. La vérité, c'est que je m'amuse aussi, beaucoup. En tous les cas, beaucoup plus qu'avant…

Tu sais, le film que je suis allée voir, c'était *Les Demoiselles de Rochefort*. Et c'est excactement cette vie-là que j'ai envie de vivre.

Une vie comme une histoire en rose bonbon et bleu tendre, en vert et orange vif, avec des chapeaux immenses et colorés aussi, qui regorgent de fleurs et de fruits, des filles belles à crever, qui dansent, et rient, et parlent du grand amour avec désinvolture et nonchalance, comme si de rien n'était.

Je suis allée le revoir trois fois. Je connais certaines chansons par cœur. Je voudrais le voir avec toi. Les deux héroïnes principales sont des sœurs jumelles, elles sont aussi sœurs dans la vie. C'est comme si j'avais vu en images et en couleurs, une incarnation du lien qui nous unit toutes les deux.

Dis-moi maintenant si nous nous verrons cet été. Je préfère que tu me dises la vérité, même si elle est désagréable. D'accord ?

Suzanne

PS : Ce serait mieux si tu me disais oui. Tu me manques !

Je suis retournée voir les demoiselles de Rochefort. J'y suis allée trois fois et je pourrais y aller vingt !!! C'est LE film de ma vie... J'ai essayé de retenir les chansons, mais il y en a tant.. à part celle des sœurs jumelles nées sous le signe des gémeaux, il m'est resté cette question :

Que sais-tu de mes rêves et de quoi ils sont faits ?

Ah si je pouvais connaître mes propres rêves, savoir ce que je veux.
Est-ce que ça va suffire de rêver d'être libre ??????

Lettre 30

De Magda à Suzanne

Berlin,
15 avril 67

Suzanne,

Voilà, c'est arrivé, j'ai retrouvé ma famille.

Ma mère et Hans et Heidi. Nous vivons maintenant dans une grande maison que nous louons. J'ai ma propre chambre.

Ça s'est passé lundi dernier. Quand je suis rentrée, il n'y avait personne à l'appartement. J'ai attendu papa. Il ne venait pas. Je tournais en rond. Je m'inquiète toujours très vite.

Et puis Franz a sonné à la porte. Il m'a dit qu'ils m'attendaient chez lui. Il a dit aussi qu'ils étaient impatients. J'ai senti mes jambes se dérober sous moi. J'ai dû m'asseoir. Je ne pouvais pas prononcer un mot. Franz a été compréhensif.

On est allés chez lui. J'avais le cœur qui battait trop fort. En entrant, j'ai entendu de la musique. Et des voix. Et des rires. Comme il y en a dans toutes les familles.

Franz s'est éclipsé. Je suis restée dans l'ombre de l'entrée pour les regarder avant qu'ils ne me voient.

Papa faisait les cent pas d'un coin à l'autre du salon. Il dévorait ma mère des yeux. Elle, elle avait Heidi blottie sur ses genoux et ne semblait pas avoir assez de ses bras pour tenir sa fille serrée contre elle. Hans était enfoncé dans un fauteuil, légèrement en retrait. Il ne souriait pas. Il avait ce drôle d'air stupéfait qui ne l'a pas encore quitté à l'heure où je t'écris. Comme si la réalité autour de lui n'était pas tout à fait la réalité.

J'ai eu envie de dire « maman » mais le mot ne passait pas mes lèvres. Ça m'a fait un drôle d'effet de ne pas les reconnaître. Et même si je ne la voyais pas, ma mère, parce qu'elle était de dos, j'ai eu l'impression que ce n'était pas elle. Il me semblait que la mienne de mère avait les cheveux longs et blonds, des cheveux épais qui me chatouillaient quand elle me tenait dans ses bras comme elle était justement en train de tenir Heidi. Celle-là, cette femme que je découvrais, on voyait seulement sa nuque. Les cheveux étaient secs et rêches et châtain foncé.

– Magda... ?

Mon père venait de m'apercevoir.

Ils se sont tous retournés pour me regarder. Eux aussi, ils avaient du mal à me reconnaître. On cherchait la trace de l'autre, celui qu'on avait quitté et qui n'était plus là. J'ai avancé de quelques pas.

Maman s'est levée. J'ai vu qu'elle retenait un cri. Elle a gardé Heidi à côté d'elle, qui me fixait avec curiosité. Et puis elle a tendu les bras vers moi.

Je me suis avancée.

On s'est jetées l'une contre l'autre. Maman s'est mise à pleurer. Elle criait. Malgré elle. Un drôle de cri. Rauque. Un cri plein de ces années qu'on nous avait volées.

Après, Hans et Heidi sont venus m'embrasser.

En fait, on ne sait plus ce que c'est que d'être frère et sœur.

Heidi m'a adoptée tout de suite. Avec elle, je me sens libre. On n'a pas de passé en commun, c'est plus simple. Je n'ai pas besoin d'essayer de me souvenir.

Tous les matins, nous prenons notre petit déjeuner ensemble. Tous les cinq. J'ai mis plusieurs jours à mesurer que c'était bien vrai. Et ça l'est. J'ai une famille, une maison, une chambre, un frère, une sœur, un père qui part au travail et une mère qui fait les courses et le ménage et les repas en attendant de trouver elle aussi un emploi. Une vie ordinaire. Normale. Une vie comme tout le monde.

Mais rien n'est normal, en fait. Tout est à inventer. Ça se voit surtout quand on fait nos courses ensemble. Qui aime quoi, pour manger, pour s'habiller, et même pour décorer nos chambres. On est des étrangers au rire un peu forcé. Pour le moment, on répare des meubles. On repeint des pièces. On met de la musique très fort. Eux, ils écoutent beaucoup la radio et ils veulent une télé. Hans passe son temps enfermé dans sa chambre.

Demain, on va ensemble au lycée. C'est la première fois qu'on sera tous les deux. Heidi est venue ce matin se glisser dans mon lit.

– Je suis contente que tu sois ma sœur, elle a dit.

– Moi aussi, j'ai répondu.

Et elle s'est endormie. C'est vrai que je suis contente d'avoir une petite sœur.

Je ne comprends pas pourquoi j'ai tout le temps envie de pleurer.

Je me force à sourire. Tout va bien. Tout va bien.

Voilà, je t'ai tout raconté du mieux que je pouvais et je te jure que c'était difficile.

À très vite, ma belle Suzanne !! (Ce ne sont pas trois boutons et deux kilos qui vont faire de toi une jeune fille sans grâce…)

(Si Marcel te fait cet effet-là, rappelle Riccardo très vite !!)

Je t'embrasse très très fort,

Magda

Août 1967

Le Monde

LA DICTATURE GRECQUE

Un petit groupe de militaires fascistes a pris le pouvoir en Grèce. Dictature. Répression. Honte. (...)

1. La dictature. Elle est totale, brutale, implacable. La junte se considère comme l'unique source de tout pouvoir. Elle applique, pour gouverner, les méthodes des règlements militaires du début du siècle.[...]

2. La junte frappe aveuglément. L'administration, la police, l'armée subissent une véritable répression. Des hommes politiques et de simples citoyens sont condamnés à de lourdes peines de prison pour avoir organiser un dîner de plus de cinq convives ou une réception

3. Le combat des Grecs pour la démocratie sera-t-il solitaire? C'est avec angoisse que nous nous posons cette question. Certes, dès le 21 avril, la Grèce a pu constater avec émotion que ses amis dans le monde, et surtout en Europe, sont innombrables. Leurs réactions contre la dictature lui ont été précieuses. Mais est-ce suffisant?

Lettre 31

De Cléomèna à Stavroula

Athènes, 21 avril 67

Ma mère chérie,

Où es-tu à cette heure ? Que fais-tu ? Je voudrais croire en Dieu pour qu'il te protège, pour qu'il protège mon frère de ces monstres qui sont arrivés au pouvoir et qui nous tombent dessus depuis hier. Mais je ne crois pas en un dieu qui permet de telles injustices !

J'ai essayé d'appeler à la mairie de Plomari. Tu dois avoir essayé de me joindre aussi comme je l'ai fait moi, comme a dû le faire Mitso, tu dois avoir constaté qu'il n'y a plus de téléphone pas plus que de journaux, pas de restaurants, ni de magasins ouverts. Athènes est une ville morte ; plus de bus, plus de trams, pas de passants dans les rues, les touristes consignés dans leurs hôtels…

Je t'écris mais ça ne sert à rien. Je ne pourrai pas t'envoyer cette lettre avant plusieurs jours quand je serai sûre qu'elle te parviendra.

J'ai essayé de sortir une nouvelle fois pour en apprendre plus. Des gens sont venus à pied d'un peu partout sur la place, mais à midi ils étaient repartis ! On m'a conseillé plusieurs fois de rentrer me mettre à l'abri. J'ai vu des chars et des blindés, des soldats armés, quelques hommes sidérés, un silence écrasant, n'était cette voix qui hurle dans les haut-parleurs toujours les mêmes phrases depuis ce matin et qui dit que l'armée a pris le pouvoir pour sauver le pays de la catastrophe, que la loi martiale est appliquée. Ils disent aussi qu'après le coucher du soleil, on tirera à vue sur les passants.

Je suis allée chez les Bussière pour travailler. Ils ont préféré que je rentre chez moi. Ils avaient les yeux qui roulaient comme des billes. Je suis enfermée dans ma petite chambre. Je deviens folle.

J'ai peur.

24 avril

Je sors d'un rendez-vous avec Jacques Fontaine qui n'a pas voulu me recevoir à l'ambassade. On s'est retrouvés dans un petit café quelques rues plus bas. Il m'a juré qu'il allait tout faire pour obtenir de tes nouvelles et de celles de Mitso.

Je dois lui faire confiance, mais de le voir si prudent, les traits tirés, à parler à voix basse, à me quitter très vite à peine le café bu, ça ne me rassure pas.

Sait-il quelque chose qu'il ne me dit pas encore ?

Ici, la vie semble avoir repris son cours *presque* normalement. Dès le lendemain. Je m'attendais à une vague de colère, à des défilés dans la rue, à ce qu'une révolte empêche le coup d'État.

Il ne s'est rien passé.

Rien ! Tu te rends compte. Ça me met dans une telle colère !!!

J'ai essayé à nouveau de t'appeler à Plomári. Quelqu'un de la mairie a décroché. Et quand j'ai dit ton nom, la communication a été coupée.

Je voulais prendre le bateau dès hier soir. L'ambassadeur me l'a déconseillé. Il veut d'abord se renseigner.

Je deviens folle, d'attendre et de ne rien pouvoir faire. Folle. Folle.

Ce matin, chez l'épicier, j'ai entendu quelqu'un dire que c'était sans doute la meilleure solution. Que ça va mettre les gens au pas. Qu'on ne pouvait pas continuer comme avant.

C'est donc possible que les gens préfèrent une dictature à la démocratie ?

26 avril

C'est hier que j'ai appris par les Bussière qu'on

avait arrêté des centaines de personnes, des « mauvais Grecs », comme dit le nouveau gouvernement.

D'autres me parlent de listes qui ont été établies à partir de noms qu'on avait gardés de la guerre civile.

J'ai compris.

Je suis allée sur le port quand j'ai su qu'on commençait à faire des transferts de prisonniers pour l'île de Yaros. J'ai vu des femmes et des enfants, des vieux malades au regard vide, des hommes de tous les âges et de tous les milieux. Ils avançaient tous en silence. Tête haute. Je ne sais pas ce que j'espérais. Je savais bien que vous ne pouviez pas être là. Mitso, peut-être ?

J'ai pensé monter avec eux dans le bateau.

Mais tu ne me l'aurais jamais pardonné, n'est-ce pas ? Je vais vivre, maman, je te le jure.

À qui suis-je en train de parler ? Je ne peux même pas t'envoyer ces quelques mots sans te mettre en danger, ma mère, mon amour.

Le même jour, un peu plus tard

Je suis allée devant l'ambassade de France. Jacques Fontaine m'a demandé de revenir à la nuit tombée. Ce que j'ai fait. Il m'a confirmé ce que je pressentais. Nous sommes tous sur la liste. Moi aussi, je suis donc en danger.

Maman, je vais partir en France. Je n'ai pas le choix. Fontaine me paie mon billet. Et s'occupe de mes papiers et du reste.

Je ne voulais pas.

Mais les Bussière ne souhaitent plus que je vienne travailler chez eux. Ils pourraient me dénoncer.

Je vais partir. Je ne cesserai pas de t'écrire. Ni de penser à toi.

À plus tard, *mitèra mou,*

Cléomèna

Mitso, te souviens-tu de tous ces poèmes que papa nous faisait apprendre par coeur et qu'il avait lui-même appris de ceux dont il partageait le sort? Bien sûr que tu t'en souviens…
Tu aimais ceux de Ritsos avec passion!
Avant de quitter mon pays, je suis venue au bord de l'eau, j'ai glissé celui-là dans une bouteille, les flots se chargeront de te le faire entendre.

Lettre à Joliot Curie

Mon cher Joliot, je t'écris d'AÏ Stratis.
Nous nous trouvons ici, à peu près trois mille
Hommes ordinaires, travailleurs, instruits
Avec une couverture trouée sur l'épaule
Avec un oignon cinq olives et un quignon de lumière dans la musette
Des hommes ordinaires comme des arbres au soleil
Des hommes n'ayant commis aucune faute
Que celle d'aimer comme toi
La liberté et la paix

Mon frère Joliot,
Depuis tant d'années maintenant, nous tournons,
D'île déserte en île déserte
Portant sur le dos nos tentes
Ne parvenant pas à dresser nos tentes
Ne parvenant pas à poser nos baluchons sur un tas de pierres
Ne parvenant pas à nous raser ni à fumer une demi-cigarette.
D'appel en appel, de corvée en corvée
Portant dans nos poches de vieilles photos du printemps
– qui déteignent avec le temps – on ne les reconnaît plus –
on dirait notre jardin – comment était-il ?
– comment est une bouche qui dit « je t'aime » ?
comment sont deux mains qui remontent ta couverture jusqu'à l'épaule
quand tu n'as pour dormir que la chemise fraîche du sourire
– Nous avons oublié.
[…]

Nous avons tant enduré, Joliot, tant,
Nous endurons tant,
À dormir avec nos godillots
Sans avoir d'eau dans la fournaise de midi
Sans avoir de lettre dans le gel de la nuit
Sans pouvoir entendre le silence
Entre deux paroles
Entre deux mains qui se serrent
Le silence juste avant le sommeil
Le silence juste après l'amour

Le silence d'un volet qu'on ferme sous la pluie
Le silence d'une fleur qui s'ouvre
D'une lampe qu'on allume sans personne d'absent
D'une lampe qu'on éteint en disant bonne nuit
Le silence après les applaudissements
Et qui dessine d'un doigt sur le sol, le bonheur du monde
Après le défilé de la liberté et de la paix

L'Amertume et la Pierre
Poètes au camp de Makronissos 1947-1951

ÉPOQUE 3

Mai 1967 à décembre 1967

Lettre 32

De Jacques Fontaine,
ambassadeur de France à Athènes,
au doyen de l'université de la Sorbonne

Paris,
le 30 avril 1967

Cher ami,

J'ai eu à peine le temps de vous croiser hier. Avant de repartir pour Athènes, je tenais à vous remercier d'avoir accepté d'accueillir ma petite protégée pour la rentrée prochaine. Je suis absolument certain que vous ne regretterez pas votre générosité. Cette jeune fille est une perle rare, je m'en porte garant. Je m'occupe bien évidemment de retrouver la trace de son parcours scolaire pour vous le faire parvenir au plus vite. Vous comprendrez cependant que cela risque de se révéler difficile du fait de la situation politique que nous traversons en Grèce actuellement. Je vais faire cependant tout mon possible.

Cléomèna Rounaris vient d'une famille de la grande bourgeoisie athénienne. Son père était un universitaire renommé, spécialiste des questions de droit et docteur en philosophie. Sa femme et son fils ont fait partie des premiers arrêtés. Et il faut craindre le pire puisqu'il m'a été impossible d'obtenir la moindre information les concernant. Je n'en ai pour le moment rien dit à Cléomèna. Le choc aurait été trop rude. Elle a besoin de temps.

Pour d'éventuelles questions d'ordre administratif, n'hésitez pas à contacter Maxime qui a accepté d'être son tuteur légal en France.

Je vous salue, mon cher Gustave, et vous attends cet été comme chaque année à Mikonos avec votre épouse que je vous prie d'embrasser de ma part.

Jacques Fontaine

Lettre 33

De Cléomèna à Stavroula

Paris,
le 16 mai 1967

Maman, *mitèra mou,*

Je ne dors plus. J'ai toujours l'impression qu'on finira par me trouver, qu'on va m'emmener de force pour me jeter sur une île infestée de rats, sans eau, sans pain, avec la honte en plus d'avoir choisi de m'enfuir, de vous avoir laissés, de ne penser qu'à moi. Je n'arrive toujours pas à accepter que je suis à Paris. Qu'est-ce que je fais ici quand vous êtes là-bas, jetés quelque part sur une île, peut-être la même que celle où était papa… ?

Est-ce que vous êtes ensemble ?

Le temps passe et rien ne change. Je vous attends. Je ne peux pas imaginer qu'il vous soit arrivé quelque chose de grave. J'ai besoin de vous savoir vivants.

J'ai trouvé du papier pour écrire. J'enverrai mes

lettres à Jacques Fontaine. Il a été tellement formidable… C'est là que c'est le plus sûr. Vous irez sans doute le voir pour me retrouver quand vous serez de nouveau libres.

Vous me manquez.

18 mai

Finalement, j'ai dû quand même m'endormir. Je ne me souviens plus. Il fait nuit, j'entends le bruit de la pluie au-dessus de ma tête. Je vis dans ce petit coin perdu, si loin. Il fait froid. Je me sens vide.

22 mai

Une femme est venue me voir aujourd'hui. Elle s'appelle Ilse. Je n'ai pas très bien compris qui elle est. Elle est entrée dans la chambre pendant que je dormais. Soudain, elle était là devant moi, immense et silencieuse. Elle me fixait avec une telle intensité que je me suis recroquevillée sur moi-même, plus tout à fait sûre après toutes ces heures de solitude qu'elle était bien réelle. Mais je n'avais pas peur. Elle a fini par s'asseoir au bord du petit lit en fer où j'étais allongée. Moi, j'ai fermé les yeux. Je voulais me rendormir, je n'aurais supporté aucune de ses questions. Elle ressemblait à cette femme qui venait passer l'été à Megalochori dans cette grande maison vide au bout de la falaise, toujours seule et habillée d'une longue tunique en lin blanc. De loin, je me souviens que j'essayais d'imaginer ses rides qui devaient avoir taillé la chair à vif sans altérer son regard clair ni effacer l'élégance de ses gestes. Tu te souviens, maman, tu m'avais raconté qu'elle était peintre, qu'elle ne montrait jamais ses toiles.

J'en ai parlé à Ilse alors qu'elle m'avait prise dans ses bras et me berçait comme si j'étais son enfant. Je me suis laissé faire. Nous n'avons pas pleuré.

Soudain, elle n'était plus là.

Maman, tu es vivante puisque je t'écris.

25 mai

Je n'ai plus de fièvre. On m'a soignée. Je crois même qu'un médecin est venu. Une Fanchette m'apporte une soupe tous les soirs. Elle ne dit pas un mot. Il faut que je vide mon assiette devant elle. Et puis, elle repart. Imperturbable. C'est sans doute elle que j'entends la nuit, qui dort un peu plus loin dans une autre chambre sous les combles. Chaque nuit, elle rit aux éclats au beau milieu d'un rêve et ça me fait du bien de l'entendre, autant que de manger sa soupe.

Je ne sais plus quel jour on est, je ne veux plus compter.

Je vis dans *une chambre de bonne* qui appartient aux Lavagauleyne, une famille dont le père est un riche banquier. Ils ont une fille, Suzanne, qui a exactement mon âge, un fils que je n'ai pas encore vu, Dieter, et un petit bébé qui vient de naître, Léon. Fanchette est ma voisine de chambre.

Maxime Lavagauleyne est un ami d'enfance de Fontaine. Je peux rester dans cet endroit tout le temps dont j'ai besoin. C'est du moins ce qu'on m'a dit.

Fontaine est reparti à Athènes sans que j'aie pu le remercier.

Aujourd'hui, j'étais invitée à déjeuner chez les Lavagauleyne !

C'est cette Suzanne, la fille de la maison, qui m'a ouvert la porte. Elle a tout de suite été très chaleureuse, faisant tout pour me mettre à l'aise, mais je ne lui ai pas vraiment facilité la tâche. Je n'ai vu d'abord que ses airs de princesse et ses manières fabriquées. Elle minaude et bat des cils et rit avec affectation. Tout ce que je déteste. Comme si elle était en train de jouer à être Mlle Suzanne Lavagauleyne, et qu'elle passait son temps à vérifier dans ton regard qu'elle est bien cette fille qu'elle est censée être. À côté d'elle, je me suis sentie comme une fille en chantier.

Il a fallu traverser l'appartement pour se rendre dans la salle à manger. Je n'en revenais pas de traverser cette enfilade de pièces et de couloirs où tout – les tissus variés, les tapis épais, les meubles en marqueterie, les fauteuils profonds, les petites lampes dans les coins, et des tableaux qui recouvrent les murs –, absolument tout dit l'opulence et le bon goût. On donne un nom à chaque chose, le *petit* salon fait suite au salon *bleu* qui jouxte le boudoir et ouvre sur la salle où nous avons mangé. J'ai même aperçu au fond d'un couloir un grand escalier en marbre blanc qui doit conduire aux chambres.

– Il y a près de mille mètres carrés, m'a glissé Suzanne fièrement.

– Ah…, j'ai dit, avec tout ce que je pouvais d'indifférence.

Elle a rougi. Moi aussi. Et ça nous a fait contre toute attente comme un début de complicité.

Ils me disent que je parle un français *remarquable*. C'est comme si ces mots faisaient apparaître mon père et ce sourire éclatant qu'il a eu si rarement.

À la fin du repas, Suzanne s'est proposée pour me montrer la fac. Elle m'a présentée à ses amis comme une réfugiée grecque victime de la dictature. Ils sont toute une bande à se voir tous les jours dans un café sur la place de la Sorbonne. Ils avaient plein de questions à me poser. Je leur ai répondu comme j'ai pu. Je les ai trouvés surexcités, parlant fort et dans tous les sens, me proposant tout de suite de témoigner, de militer, d'écrire dans une revue. J'ai décliné toutes les offres poliment. Je me sens incapable d'être aussi combative.

J'ai croisé le regard de Suzanne. Elle a souri avec une franchise dont je ne l'aurais pas crue capable. Je m'en suis voulu de l'avoir jugée aussi vite. Marcel, un de ses amis, m'a proposé de me mettre en contact avec des réfugiés grecs. Je ne lui ai pas dit que j'en avais croisé quelques-uns et que l'inquiétude qu'ils avaient pour leurs proches me faisait un mal de chien. Je préfère ne pas les voir. Je l'ai remercié un peu vite pour couper court. Et j'ai continué ma conversation avec une fille qui s'appelle Déborah. Je ne sais même plus de quoi on a parlé. Je pensais sans arrêt au regard que ce Marcel avait posé sur moi.

Ça continuait de me brûler la peau.

Alors que je m'appêtais à partir et que j'étais en train de les saluer, un certain Boris a dit à Marcel assez fort pour que je l'entende :

– Tu crois qu'elle ne se rend pas compte à quel point elle est belle ?

Marcel n'a pas répondu. Il ne m'a même pas saluée pour me dire au revoir. Mais à chaque fois que j'y pense, ça me réchauffe le cœur, sa fausse indifférence.

Sur le chemin du retour, Suzanne a voulu me prévenir. Il paraît qu'il faut que je me méfie de lui. Elle dit qu'il est tout le temps amoureux.

J'ai répondu que la seule chose qui comptait pour moi, c'était de faire mes études et de les réussir. J'étais très sérieuse. Et je le suis toujours à l'heure où je t'écris. C'est pour cette raison uniquement que je suis ici, en France. Si loin de vous.

Enfin, malgré tout, Suzanne et moi, on s'est quittées plutôt bonnes amies.

J'ai vraiment envie de leur plaire à ces gens qui sont si généreux avec moi.

6 juin

Maman, je ne sais pas comment finir cette lettre qui n'en est pas tout à fait une. Je voudrais ne jamais devoir la finir, continuer de t'écrire comme si je te parlais, comme si tu n'étais pas si loin, comme si ta vie n'était pas tous les jours en danger.

Je t'embrasse. Je vais poster ces mots. Et t'en écrire d'autres bientôt. Oui, à Mitso aussi, je te le jure.

Cléomèna

Lettre 34

De Sybille à Ilse

Berlin,
24 mai 1967

Ma chère Ilse, ma vieille amie,

J'ai donc échoué à te convaincre de venir passer quelques jours chez nous, à Berlin. Il m'a pourtant semblé à tes silences au téléphone que tu hésitais encore. C'est pourquoi je me décide à t'écrire. Je me suis mise à la table de la cuisine, je pense à toi et ça me fait du bien. Puisque je peux enfin de nouveau te parler et correspondre avec toi, j'ai l'impression de ne pas avoir tout perdu, tu comprends ? As-tu remarqué que nos filles font comme nous ? Je n'en reviens pas qu'elles soient déjà si grandes... Et c'est bien ça le pire, ce sentiment qu'on m'a volé ma vie.

Au téléphone, tu m'as demandé plusieurs fois comment j'allais. Je t'ai répondu à chaque fois la même chose, « je crois que je vais bien ». Il y a si longtemps que personne ne m'a *réellement* posé cette question.

Comment aborder ces cinq dernières années sans assombrir ta journée et gâcher la mienne ?

C'est plus difficile que prévu de réapprendre à livrer un peu de soi ; prendre la parole en mon nom. À l'Est, en prison, j'ai été si souvent traitée comme un objet. Un objet qu'on enferme, qu'on déplace, qu'on interroge, qu'on libère et qu'on enferme à nouveau. En refusant de t'expliquer pourquoi. En te prêtant soudain des trahisons dont toi-même tu ignores la teneur exacte. En t'arrachant des aveux. Ou en les inventant sans vergogne. Peu leur importe la vérité. La seule qui compte, c'est celle qu'ils fabriquent pour rendre leurs soupçons légitimes. On m'a tant surveillée, Ilse, que j'en suis venue à bloquer toute rêverie personnelle dès qu'elle faisait mine d'apparaître, convaincue que le mal me rongeait malgré moi, qu'il fallait, pour survivre, que je devienne le plus conforme possible, qu'ainsi, avec le temps, ils finiraient par nous laisser un peu tranquilles. Évidemment, je me trompais. Ils ne nous ont jamais laissés et ne l'auraient jamais fait. Ils ont toujours été persuadés qu'on avait projeté de s'enfuir. Ils n'ont pourtant jamais rien trouvé pour le prouver. Quand ils sont venus pour m'arrêter juste après avoir libéré Karl, en janvier 62, ils m'ont enfermée dans une toute petite cellule sans fenêtre de deux mètres sur deux. Dans ce genre d'endroit, tout seul et sans rien à faire, on perd très vite la notion du temps, de qui on est, des contours de ses propres pensées. Alors quand ils te sortent pour t'interroger, tu redeviens difficilement toi-même, tu vois bien que tu n'es plus très propre, que tu parles avec difficulté, que tu leur fais répéter la question plusieurs fois et que ça les agace, alors que tu voudrais tant réussir à leur plaire, et qu'enfin, même, on puisse en rire, et tu finis par leur dire, « c'est absurde, vos questions, cet interrogatoire, et mon emprisonnement, vous le savez que c'est absurde, *n'est-ce pas ?* » jusqu'à ce qu'ils te giflent, et se mettent à hurler et puis refusent de te laisser aller aux toilettes pour t'avilir un peu plus encore parce que, ce qui compte avant tout, c'est de te voir céder. Ils finissent par te ramener dans ta petite cellule. Tu es à nouveau seule, tu ne sais pas jusqu'à quand, tu les entends qui s'en vont, ils discutent à voix basse, ils rient, tu imagines qu'ils évoquent leurs projets pour le soir, tu guettes le son de leurs pas qui s'éloignent. Ils te laissent à ton sort et c'est bien le pire de tout. La solitude. Pire que la mort elle-même. Tu aurais préféré sauter dans le vide. Mais ils ne t'ont jamais laissé le faire.

Même ça, mon envie de disparaître, on me l'a enlevée.

Un beau matin, on m'a sortie de ma cellule pour me jeter dehors. J'étais libre. Karl restait en prison. On avait enquêté sur notre famille, on avait trouvé d'autres éléments de trahison. Nos enfants étaient tous deux placés dans des institutions qui se chargeaient de leur éducation. J'ai mis toute mon énergie à les chercher. Je voulais les voir. Heidi avait à peine dix-huit mois, Hans allait avoir dix ans. Au bout de plusieurs semaines, on a fini par me dire où ils étaient, et il en a fallu quelques autres encore pour obtenir le droit de leur rendre visite. Mille fois, j'ai eu la tentation de me passer de leur autorisation. Je devais contrôler ma colère. Simplement chaque jour me présenter dans les bureaux, chaque jour toquer aux portes des administrations en remplissant des demandes, parfois dix fois la même, répéter inlassablement la même phrase « je veux voir mes enfants ».

La première fois, Heidi n'a pas quitté les bras de sa « nounou ». Dès que je m'approchais, elle s'accrochait à son cou comme si j'allais lui faire du mal. Elle a juste touché du bout des doigts ma joue qui était recouverte de larmes. J'ai chanté sa chanson favorite *Schlaf, Kindlein, schlaf,* elle a écarquillé les yeux, figée dans les bras de cette étrangère que je haïssais, *meine kleine Puppe,* ma petite poupée qui avait peur de moi...

Avec Hans aussi, c'était compliqué. On ne nous a jamais laissés seuls. Je ne pouvais rien lui dire. Qui sait ce qu'on lui avait raconté ? Ils avaient réussi à rendre nos enfants méfiants. Je lui ai parlé de sa petite sœur. Je lui ai dit qu'il me manquait, que je passais ma vie à penser à eux et qu'un jour on se retrouverait tous ; je lui en ai fait la promesse solennelle. C'est le seul moment où j'ai croisé son regard.

Quelques jours plus tard, on nous a rendu nos enfants. Sans plus d'explications qu'on ne nous en avait donné pour nous les prendre.

C'est bientôt l'heure d'aller chercher Heidi à l'école. Elle m'a demandé hier si elle pouvait aller goûter chez sa nouvelle amie Sophia. Elle est aussi invitée à l'anniversaire d'un certain Sebastian. Ses parents nous ont proposé de réserver notre soirée, ils organisent dans leur jardin une petite fête de quartier à chaque printemps. On a décidé qu'on irait. Hans va rentrer du lycée avec Magda. Il a obtenu de très mauvaises notes à ses premiers devoirs en classe. Je crois qu'il ne comprend pas ce qu'on lui demande de faire. Magda a essayé de lui expliquer mais ça n'a pas marché, il s'est braqué. Il n'a rien dit mais j'ai bien vu qu'il ne lui montre plus ses cahiers. Je le comprends complètement. On a un peu le sentiment que tout le monde à l'Ouest nous fait gentiment la leçon. Qu'on nous considère comme des attardés. C'est crispant. On a besoin de temps pour s'acclimater à toutes ces choses nouvelles, et les programmes scolaires, ça en fait partie. C'est tout.

Quant à Magda…

Je ne sais pas quoi te dire. Elle est restée égale à elle-même. Aussi secrète qu'avant, aussi mystérieuse aussi. Peut-être même encore un peu plus farouche. Mais Heidi adore sa sœur. J'aime les entendre rire toutes les deux.

C'est tellement bizarre d'avoir une vie ordinaire.

Je ne t'ai rien dit de ta lettre. Ni de ta dépression. Je ne sais pas si j'ai quelque chose à en dire. J'aurais voulu t'écouter m'en parler.

Juste un mot peut-être.

Un souvenir plutôt. De ces deux années passées

seules à Berlin avec nos bébés où nous nous sommes battues comme des hyènes pour survivre aux horreurs que nous avons subies. On ne raconte pas ces choses-là. On panse ses plaies. Et quand ça fait moins mal, qu'on constate qu'on peut tenir debout, on avance à nouveau, on s'efforce d'oublier. On y arrive, *n'est-ce pas?* On y arrive à chaque fois que ça revient et que ça nous étreint.

Mais ce mal-là, peut-être qu'il nous ronge à notre insu. Et qu'il surgit malgré nous, contre notre volonté, que ça s'impose alors comme s'imposent les défaites.

Il faut savoir laisser passer les tempêtes. On reconstruit bien des villes entières après un ouragan.

Je t'attends à Berlin.

Sybille

Lettre 35

De Marcel à Cléomèna

Paris, le 22 mai 67

Chère Cléomèna,

On ne vous voit plus.

Déborah me dit que vous avez commencé à travailler au Bon-Marché et que vous vous y ennuyez beaucoup. J'y suis allé aujourd'hui pour vous faire la surprise. Impossible de vous retrouver au milieu de toutes ces vieilles poules trop maquillées. Peut-être avez-vous déjà donné votre démission... ?

Je suis donc allé traîner sur les quais. Il pleuvait un peu. Les bouquinistes avaient protégé leurs livres sous du papier journal. Malgré tout, je suis tombé sur celui-ci, ce que j'ai pris pour un signe. Cette *Esquisse d'une théorie des émotions* a bouleversé ma vie. Je viens de le relire. Je crois qu'il vous plaira. En tous les cas, je trouve qu'il vous va bien.

Marcel Blanzy

PS : Me donnez-vous la permission de vous tutoyer ?

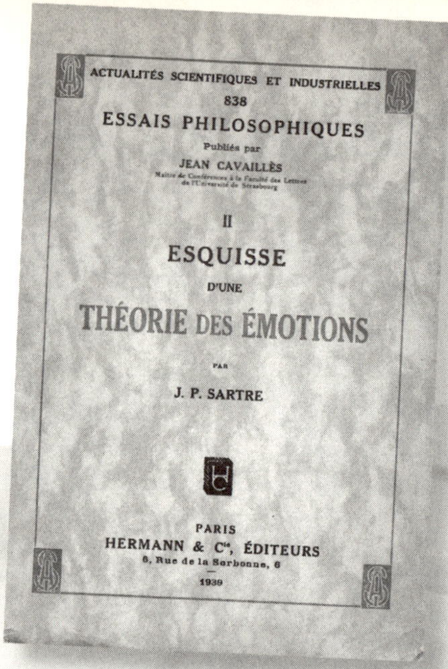

Merci Marcel de votre gentille attention mais je n'ai pas le temps de lire. Je travaille toujours (évidemment). Et puis c'est un français trop difficile pour moi. Donc, je ne le lirai jamais. Je préfère vous le rendre.

Cléo

Lettre 36

De Suzanne à Magda

Paris,
le 23 mai 67

Mais comment avons-nous fait, Magda, pour nous disputer aussi vite et aussi violemment ? Moi qui étais si contente que tu aies le téléphone ! Je m'étais imaginé que nous allions retrouver la facilité et l'évidence de nos échanges quotidiens qui me manquent tant. Et voilà que je me retrouve à t'écrire, le cœur lourd et contrarié.

J'ai essayé de rappeler plusieurs fois. Plus personne ne décroche…

Tu es toujours fâchée, dis ?

Pardonne-moi, je regrette, je ne sais pas ce qui m'a pris, je n'aurais jamais dû te raccrocher au nez. Tu le sais, je m'emporte vite, et tout de suite après, j'ai honte. Et j'ai encore plus honte quand je pense que toi, tu ne te mets jamais dans des états pareils.

Je t'en veux de ne plus être là.

Je sais que je suis injuste et égocentrique. Mais ça ne change rien de l'admettre, je continue de t'en vouloir, surtout depuis que j'ai compris que tu ne quitterais pas Berlin l'an prochain.

Mais ce n'est pas la seule explication. Je sais exactement pourquoi je suis soudain devenue folle de rage. C'est tout simple et c'est très laid: je t'envie! Et je n'en suis pas fière. Mais comme cela me submerge à chaque lettre que je reçois de toi et que cela prend même des proportions spectaculaires depuis que tu as retrouvé ta famille (ce qui est absolument désolant et consternant, je te l'accorde), je préfère te le dire, de toute façon, comme je suis incapable de tricher, il ne me reste plus que mon honnêteté à t'offrir, qu'au moins tu saches à quoi t'en tenir avec ta vieille amie…

Mesures-tu à quel point tu es en train de changer? Il me semble à chaque lettre te voir t'éloigner un peu plus de celle que je connaissais par cœur. Tu es prise par ta vie qui ressemble à un vrai roman d'aventures. C'est vrai, c'est une si belle histoire, vos retrouvailles, cette maison que vous êtes en train de réparer ensemble et toutes ces relations qui restent à inventer. Tu as même une petite sœur qui t'adore… alors pourquoi je te manquerais? Et surtout, pourquoi tu reviendrais à Paris au moment où la famille Lavagauleyne n'a plus de famille que le nom?

Alors, tu vois, je suis furieuse contre toi parce que tu es heureuse; je devrais me réjouir, je suis mauvaise, j'ai honte mais ça ne change rien.

Je ne me reconnais plus, Magda, et ce n'est pas seulement une question de miroir. Je me souviens du temps où c'était un vrai bonheur d'ouvrir les yeux chaque matin, cette excitation secrète à voir le jour se lever, cette impatience à vivre qui revenait avec la même ponctualité que le chocolat chaud de Fanchette.

Tout ça m'a quittée. Envolé, perdu, enfui. Mort.

Maintenant, je ne me sens bien nulle part.

Je voudrais parfois revenir en arrière. Je me rêve sage et disciplinée, soumise comme j'aurais dû l'être, fragile et délicate, cultivée et charmante, joli bibelot sans cervelle. Je me serais mariée, j'aurais fait des enfants, je n'aurais manqué de rien. Je me persuade qu'il suffirait d'un peu de bonne volonté. Je repense aux sœurs de Sainte-Clotilde et à nos camarades de classe qui entraient dans leurs costumes avec tant de facilité, impatientes de jouer les rôles qu'on avait écrits pour elles.

Je les envie (elles aussi !!!) d'avoir trouvé leur place.

Parce que je dois t'avouer que je ne me sens pas beaucoup plus à l'aise avec la bande à Marcel. Je m'ennuie quand ils parlent politique, je me perds quand ils évoquent les conflits entre les différents courants de l'extrême gauche, entre les pro-Mao, les pro-Staline, les trostkystes-léninistes, et les situationnistes. La vérité, c'est qu'ils rêvent tous de prendre le pouvoir et que nous, les filles, on les regarde faire, d'un peu loin, comme toujours. Je ne suis pas assez forte, ou assez jolie, pour m'imposer parmi eux. Et puis, j'ai trop peur d'être ridicule à proposer des idées.

Je n'ai même plus le cœur à danser.

C'est désespérant, non? Oui, je suis désespérante, le mot me va comme un gant.

Maman va mieux. Elle fait tout son possible pour reconstruire une vie à la maison, qui ressemble à notre vie d'avant. *Comme si de rien n'était,* tu te rends compte? Je vois bien qu'elle aimerait qu'on se parle et qu'elle me jette des coups d'œil inquiets. Mais chaque question qu'elle me pose me crispe. Je n'ai rien à lui dire. Je lui en veux. D'être tombée malade de façon si soudaine, de s'être montrée si fragile alors que je la pensais indestructible, et puis d'être redevenue celle d'avant, toujours belle, parfaite, remarquable!! Même sa manière de vivre les infidélités de papa... Elle est mesurée, elle est digne, elle est debout, je ne la supporte plus.

Papa rentre comme avant un soir sur deux. Il m'a offert un appareil photo. Je ne savais pas quoi dire. Je lui ai fait remarquer que je n'ai jamais pris de photos... Il a répondu: «Tu as de la chance, c'est un modèle qui fera date.» Et il a quitté la maison.

J'espère que tu n'es plus fâchée. Réponds vite!!

Suzanne-la-désenchantée

PS : Bon, Magda, je n'ai pas réussi à te le raconter. En fait, c'est un peu triste. J'ai couché. Avec un inconnu, rencontré un soir, un copain de mon cousin Paul qui était lui aussi au château quand je suis descendue pour quelques jours pour l'Ascension.

Ça y est, c'est fait.

Ce n'est pas glorieux. Je me sens toute bête à te l'écrire.

Je suis affreusement déçue.

Lettre 37

De Magda à Suzanne

Berlin,
23 mai 67

Oh, ma douce Suzanne, ma petite furie, mon amie adorée… Je viens de raccrocher. Je refuse que quoi que ce soit nous sépare, crois-moi. Mais je n'ai pas supporté que tu te mettes dans une telle colère. J'en tremble encore. Ma mère m'a dit que tu avais essayé de rappeler. Je préfère ne pas te parler tout de suite. Je sais comment tu es. Tu regrettes sans doute déjà, et en même temps, comme un feu mal éteint, tu es capable de flamber à nouveau et de recommencer à me reprocher n'importe quoi !

J'aime ta façon de faire, directe, spontanée. Ta franchise dont je suis comme privée de naissance et qui me fascine tant chez toi. Un chien dans un jeu de quilles, voilà ce que tu es, ma Suzanne, et même si ça m'a fait mal, tu as eu raison. Je suis une fille prudente;

obéissante ; toujours à craindre les conflits ; et à imaginer des catastrophes. Mais tu sais qu'en vrai, les malheurs arrivent ?

Oui, tu sais bien…

Je ne peux pas retourner vivre à Paris. Il faut que je prenne le temps de nouer des liens avec ma famille. Je ne peux pas renoncer avant d'avoir tout essayé. Je sais que tu le comprends.

Crois-moi, je vais passer quelques jours à Saint-Raphaël, même si ce n'est pas tout l'été, je te le jure !

Une chose encore… Ta mère m'a appelée il y a quelques jours. Elle me dit qu'elle ne sait plus comment te parler. Elle dit encore que ce ne serait pas très grave à ses yeux si elle avait le sentiment que tu es heureuse, mais elle s'inquiète de te voir si recroquevillée sur toi-même et si seule… Toi qui étais toujours joyeuse et de bonne humeur, tellement enthousiaste pour tout ! Elle est très consciente que tu as beaucoup fait pour elle et pour Léon. Mais elle a l'intuition qu'il se passe autre chose. Elle m'a suppliée de te poser la question. Donc, je le fais. Et je te dis aussi – alors qu'elle me l'avait interdit – que c'est elle qui est inquiète et pas moi.

Si quelque chose n'allait pas, tu me l'aurais dit, n'est-ce pas ?

Magda

Cette feuille de papier n'est pas datée.

J'aime la ponctuation. Les points-virgules, les esclamatives, les parenthèses.

J'aime tout ce qui se dit sans les mots. Entre les signes.

Je suis triste. Qu'est-ce que ça change de l'écrire ?

Rien.

Peut-être que le dessin de chaque lettre fait quand même un bord à tout ce qui m'angoisse. Comme si j'allais pouvoir le laisser ici, dans ce cahier. Vivre sans avoir à le porter comme un poids mort à l'intérieur de moi. Me débarrasser de cette sensation que ce garçon a laissée sur ma peau ; une légère absence à moi-même, une espèce de distance face à tout ce que je vis. Depuis que j'ai fait l'amour pour la première fois, je me sens comme décrochée de mon axe. Suspendue au-dessus du vide. Désarticulée.

Il m'a invitée à danser. C'était un samedi soir, au bal de la salle des fêtes de Bazolles. Je croyais ne l'avoir jamais vu avant. Il m'a dit qu'on avait joué ensemble à l'étang du Merle, il y a très longtemps, quand je passais l'été au château. Il se souvenait du jour où j'avais appris à nager, surtout parce que grand-mère avait offert des glaces à tous les enfants présents ce jour-là pour fêter ma prouesse. Je n'avais aucun souvenir de ce cadeau qui me faisait un peu honte alors qu'il en gardait une impression féerique, comme si ce bâtonnet praliné-noisette était resté toutes ces années la preuve irréfutable qu'un autre monde existait, un monde d'elfes et de souhaits exaucés, tout de poudre d'or et de paillettes étincelantes. Je me rends compte maintenant qu'il me regardait encore avec ces yeux-là, émerveillés, et que je n'ai rien fait pour rompre le charme qui agissait un peu comme une potion magique. Juste avant que le voile ne se déchire tout à fait et qu'il ne se rende compte à quel point je suis une fille ordinaire.

Il s'appelle Éric, il a un an de plus que moi. Le premier soir, quand on a dansé, on n'a pas échangé un mot. On a juste profité de ce temps suspendu, étonnés d'être si bien à tourner doucement tous les deux sur la piste de danse. Sentir ses mains posées sur mes reins, glisser sur mes hanches, être tous deux de plus en plus proches, oser, puis s'éloigner, et se sourire, baisser les yeux et danser à nouveau...

Les jours suivants, on se donnait rendez-vous à l'écluse. On a fait de longues balades le long du canal. On marchait vite, on parlait peu. On finissait allongés dans l'herbe, à s'embrasser à pleine bouche.

Chaque jour, il s'est fait plus pressant. J'aimais sentir son sexe dur sur ma cuisse. Son souffle devenir de plus en plus court. Ses mains s'impatienter à glisser sur ma peau nue. S'embrasser et s'embrasser encore. Mais je finissais toujours par refuser d'aller plus loin.

Pas comme ça. Pas dehors. Pas en plein jour.

Et pourtant, je suis revenue le voir tous les jours. J'étais heureuse de sauter à son cou et de marcher à ses côtés en sentant son impatience à me serrer dans ses bras. Il me désirait. Et ça le faisait sourire.

Il s'est débrouillé pour trouver un endroit plus tranquille. Une maison d'éclusier le long du canal, inhabitée. Il y faisait très sombre et très humide. J'ai vu qu'il avait passé du temps à la rendre présentable. Il avait même cueilli quelques fleurs dans les champs.

Ça s'est passé très vite. Ça m'a fait un peu mal. Je n'ai rien ressenti.
Je crois que mon corps ne voulait pas la même chose que ma tête. Je crois mais je n'en suis pas sûre. Je n'ai pas de mots pour décrire ce vide, cette absence de sensations.
Peut-être que j'avais peur.
Il était encore plus embarrassé que moi quand il a vu que j'avais saigné. Il a fait la grimace. On s'est jeté un regard désolé. Mais on s'est rhabillés en se forçant à sourire. Il m'a caressé la joue du bout des doigts. Il était déjà loin.
Quand on a refermé la porte de la maison de l'écluse, j'ai vu que les fleurs des champs avaient déjà fané. Sans doute ont-elles manqué de lumière, j'ai pensé, sans doute qu'elles allaient pourrir là.

On s'est quittés ce jour-là sans même prendre la peine de se faire croire qu'on allait se revoir.
« Même pas grave », j'ai pensé, en montant dans le train qui me ramenait à Paris, j'ai fait le premier pas, j'y arriverai demain, ça m'arrivera encore, j'aurai moins mal, ou moins peur, je serai moins gauche.
Parfois, je parviens à me convaincre que ce n'est pas très grave. Le plus souvent, je pense que je ne suis pas normale et que je n'arriverai jamais à devenir une femme. Mais comment font les autres et que ressentent-elles ? Pourquoi est-ce que ça a l'air si simple pour les hommes ? Est-ce que ça l'est vraiment ? Et pourquoi donc mon corps ne voudrait-il pas la même chose que ma tête ?
Est-ce que Magda l'a déjà fait ?
Pourquoi n'en avons-nous jamais parlé ensemble ?

Je fais sans doute partie de ces filles « coincées » que tous les garçons craignent de fréquenter. Pourtant, Éric ne cessait de me dire que j'étais séduisante, que j'avais la peau douce et qu'il rêvait de moi toutes les nuits. À quoi donc ressemble cette autre moi-même qui parvient à le combler dans ses rêves ?

Je m'essaie à la photo puisque papa m'a offert cet appareil. Je vais tous les jours au jardin du Luxembourg. Et comme j'ai cette facilité à me rendre invisible, les gens se laissent approcher et regarder sans que je les dérange. Il suffit d'attendre et de disparaître dans le décor un peu comme un caméléon. Et soudain, j'appuie sur le bouton et je crois que je parviens à saisir quelque chose. À en faire une image. J'aime bien.

Je ne sens plus le poids du temps. Ni celui de ma propre existence.

Comme si ces photos me renvoyaient enfin une image de moi-même, où je me reconnais.

Lettre 38

De Cléomèna à Marcel Blanzy

Paris, 31 mai 1967

Cher Marcel,

Nous nous sommes quittés aussi embarrassés l'un que l'autre. Quelle drôle d'idée vous avez eue de m'emmener voir ce film ! Je veux bien croire que ce Buñuel soit un des plus grands réalisateurs de notre temps puisque vous le dites avec tant de ferveur, et Catherine Deneuve la plus belle femme au monde ; je peux admettre encore que ce *Belle de jour* cherche à dénoncer le conformisme des bourgeois et que ce sont eux que ce réalisateur veut choquer, comme il veut libérer la parole et la sexualité du carcan des préjugés, soit ! J'ai bien compris quel était son propos, et en théorie, pourquoi pas ?

Mais en vérité, j'aurais préféré ne pas voir ce film avec vous. Je vous connais si peu. Je me suis retrouvée enfermée dans cette salle, tellement mal à l'aise.

Vous vous êtes excusé mais ça ne suffit pas. Je vous trouve arrogant. Et puis, je n'ai aucune envie de faire partie de votre cour enthousiaste. Et cela tient, je crois, à l'éducation que j'ai reçue et dont je vous interdis de vous moquer. J'ai beaucoup parlé de vous avec Suzanne et Déborah, mais j'ai aussi croisé Martine, Monique et Lucette. Quant à Brigitte, elle ne s'est jamais remise de ce qu'elle a pris pour une réelle histoire d'amour.

Vous les avez toutes aimées ?!

Don Juan aussi prétend qu'il est absolument sincère quand il demande chaque femme en mariage, le nouvel amour effaçant le précédent, maintenant l'illusion d'un éternel commencement. Vous ne m'aurez pas à ce jeu-là, Marcel, je ne suis pas une oie.

Je ne dépendrai jamais d'un homme, je ne me marierai pas, je ne veux pas d'enfants, je me méfie de tous ces sentiments dont je vois toutes vos amies prisonnières. Elles sont liées à vous et à vos caprices et cela ne vous dérange en rien, au contraire, vous confortez votre domination sans l'ombre d'une mauvaise conscience puisqu'elle a l'approbation de la société tout entière.

Pensez-vous qu'une femme aurait pu réaliser votre *Belle de jour* ? J'en doute… Je serais pourtant très curieuse de savoir comment cette femme aurait décidé de mettre en scène son propre désir. Pas vous ?

Mais dans ce pays comme dans tous les autres, le plaisir des femmes passe après le vôtre.

Je vous pardonne votre baiser maladroit, Marcel. J'espère que vous excuserez la gifle que vous avez reçue en retour.

Cléomèna

Lettre 39

De Marcel à Cléomèna

Paris, 31 mai 1967

Me croiras-tu, Cléomèna, si je te dis que je n'ai pas fermé l'œil de la nuit ? J'ai bu jusqu'à l'aube sans rencontrer l'ivresse, j'ai erré dans la ville, furieux contre moi-même, malheureux comme tu n'as pas idée. Partout, j'ai croisé l'ombre de ton regard blessé. J'ai affreusement honte. Et plus encore maintenant que je viens de découvrir ta lettre.

Tu as raison, je me suis comporté comme un imbécile et mes excuses n'effaceront jamais cette soirée désastreuse dont je me faisais pourtant une vraie fête ! J'en rêve depuis la première fois où je t'ai vue, avant même de connaître ton nom, d'apprendre d'où tu venais, et d'entendre le son de ta voix… Comment te le dire sans avoir l'air d'un idiot ? Tu es l'incarnation de tout ce qu'un homme peut désirer posséder, tu es incroyablement belle, Cléomèna, d'une beauté irréelle, à la fois lumineuse et grave, glacée et prodigieusement sensuelle. Mais le plus stupéfiant, c'est que tu sembles l'ignorer. Tu te contentes d'être là, à nous enchanter de ta grâce avec une générosité totale, presque cruelle à ne pas mesurer l'effet que tu nous fais.

Je m'arrête là. Je pourrais continuer pendant des heures à te parler du plaisir que j'ai à regarder la courbe de tes hanches et celle de tes cils, à imaginer la longueur de tes cheveux quand tu les détaches, et celle des jambes que tu caches sous ces affreuses jupes en toile noire que tu portes depuis ton arrivée. Vraiment, il faut que je m'arrête. Je ne veux pas en plus avouer que je te trouve intelligente et sensible. Tu viens d'un autre monde, tu en sais sur la vie beaucoup plus que nous tous. Penser à toi me rend fou.

À cause de tout ce que je viens de t'écrire (et au risque de te déplaire), je veux quand même aller au bout de cette discussion qui a tourné court hier au soir. Je défends le film de Buñuel, pas seulement en tant qu'œuvre d'art, je le défends aussi politiquement. C'est-à-dire contre la mainmise du pouvoir et de l'Église sur les corps et sur nos désirs. Sais-tu que le film de Rivette *La Religieuse,* l'adaptation du roman de Diderot, n'est toujours pas sorti en salles alors qu'il a été projeté à Cannes au printemps dernier? Ce n'est pas seulement la liberté d'expression qui est attaquée. C'est une vision du monde qu'on continue d'imposer, une négation de la vie et du plaisir, une volonté de salir tout ce qui vient du corps, de rendre honteux l'acte le plus naturel au monde, de s'immiscer dans l'intimité de nos consciences pour imposer une vision simpliste du bien et du mal et faire gagner les forces réactionnaires.

J'ai décidé depuis longtemps de fuir tout ce qui éteint et entrave mes appétits et mes aspirations. Je veux vivre libre, c'est à la fois ridicule et vertigineux. Mais je suis sûr que tu comprends la force de cette décision-là. J'ai même l'intuition que c'est ce que nous avons en commun tous les deux, qui va bien au-delà de ce qui nous sépare...

J'en viens maintenant à toutes ces femmes que tu évoques dans ta lettre. C'est vrai qu'elles ont toutes été mes maîtresses. Je ne m'en cache pas. J'aime faire l'amour, j'aime le corps des femmes et je le revendique. Mon corps n'appartient à personne, et je ne me sens le propriétaire d'aucun autre. Je ne veux ni ne peux m'engager pour la vie, je ne veux ni ne peux être exclusivement fidèle à quiconque. C'est aller contre le désir et la nature que de prétendre le contraire. Il est temps que nous nous débarrassions tous de ces carcans bourgeois. Je trouve tout cela prodigieusement réjouissant ! N'en déplaise à toutes ces bonnes âmes qui ont cru bon de te dire du mal de moi. Ne les crois pas ! Car je n'ai rien d'un Don Juan. Je ne triche pas, je ne promets rien d'autre que ce que je suis capable de donner, je revendique même la singularité de chacune des histoires que j'ai vécues et que je continue de vivre.

Chère Cléomèna, m'accorderas-tu un nouveau rendez-vous ? J'ai très envie de te faire découvrir Paris.

Marcel

Lettre 40

De Magda à Suzanne

Berlin,
1er juin 1967

Tu n'as pas répondu à ma dernière lettre, Suzanne, et mon père refuse que j'utilise le téléphone pour t'appeler. Ce n'est pas une question d'argent. Il dit que la Stasi continue de nous surveiller et que cela nous oblige tous à rester extrêmement prudents. Ma lettre te parviendra donc comme avant par l'intermédiaire de Franz et tu dois à nouveau écrire à l'adresse que je t'indique au dos de cette page.

Je ne sais quoi penser de leurs craintes perpétuelles. Ils contrôlent ce qu'ils disent et à qui ils s'adressent. Ils n'abordent jamais de sujets délicats à haute voix. Ils n'expriment pas leurs sentiments ouvertement. Ils gardent un visage un peu neutre, comme les vêtements qu'ils portent.

L'essentiel est de ne pas se faire remarquer. Avec moi, ils se comportent comme si, par grand soleil et ciel bleu, ils cherchaient à me convaincre de sortir avec des bottes, un parapluie et un anorak à capuche. J'ai de plus en plus l'impression de parler avec une main sur la bouche. Et de marcher en rasant les murs. Cela devient insupportable.

Avec toi, c'était tout le contraire. Tu m'obligeais à parler, pas directement, mais à cause de qui tu es, de cette manière que tu as d'aborder la vie, en cherchant à comprendre, en bousculant les habitudes, en refusant tout ce qu'on cache dans les coins ou qui moisit dans les placards. Tu m'écris que tu m'envies, je te réponds que je t'admire d'être aussi juste avec toi-même. Et pour le reste, pour ces confidences que tu fais sans les faire, j'attends de te voir pour que tu me racontes. On aura tout le temps cet été de se dire de vive voix ce qu'on ne peut s'écrire.

J'espère que tu n'es plus en colère contre moi ! Réponds-moi !

Tu te souviens de ce prof, Mathias, qui anime un club au lycée ? J'y vais en cachette mais j'y vais toutes les semaines. C'est le seul endroit où je me sens plus légère ; la parole est libre. Je suis enfin moi-même. Pas de jugements simplistes, pas de pensées toutes faites, on doit penser à haute voix et aborder toutes les questions qui viennent. Je crois que tu adorerais… Je me demande si des endroits pareils existent aussi en France.

On parle de tout, et on commence souvent à réfléchir à partir des questions qui font la une du magazine

Twen. Par exemple, mardi dernier: *L'amour existe-t-il sans être infidèle?* Et la fois d'avant: *Quels hommes sont les meilleurs amants?* Et aussi: *Pourquoi certaines filles n'aiment-elles que les filles?* Mais si les questions sur le sexe sont celles qui reviennent le plus souvent, on peut débattre sur des sujets graves pendant deux heures, la guerre au Viêt Nam, et puis on passe sans crier gare à la mode des minijupes...

Parfois, c'est franchement n'importe quoi mais qu'est-ce qu'on s'amuse...

Mathias risque de perdre son poste. Il dit qu'il s'en fiche. Il me fait beaucoup de bien. Ça m'apaise de l'entendre poser des questions interdites. Il ne cesse de répéter que défendre des idées, ça s'apprend.

C'est comme si j'avais enfin trouvé un endroit pour penser.

Et pour tout te dire, dans le groupe, un étudiant me plaît. Il s'appelle Johann. On se regarde souvent. On se sourit. J'aime bien qu'il soit timide. Je pourrais t'écrire des heures, mais je veux que ce petit mot parte avant la fin de la journée...

Voilà, Suzanne, je t'ai tout dit, je t'embrasse.

M.

Lettre 41

De Marcel à Cléomèna

Paris,
7 juin 1967

Chère Cléo,

Comment se fait-il qu'un tel vide m'envahisse à chaque fois que nous nous quittons ? J'ai soudain l'impression de devenir étranger à tout ce qui m'entoure. Ce sont pourtant les mêmes trottoirs, les mêmes portes cochères, les mêmes arbres, les mêmes dames au petit chien et les mêmes serveurs de café à la mine renfrognée. Mais plus rien n'est pareil parce que tu n'es plus avec moi. Le même pressentiment m'écrase... un jour, je ne te verrai plus, tu ne seras plus là, je serai seul et plus rien n'aura de sens.

Je me sens un peu ridicule de t'avouer ce que j'éprouve, que je refuse de nommer parce que plus encore que l'éprouver imaginer le dire me donne le vertige. Même si je rougis, si je bafouille et si je trébuche à chaque fois que je te vois. Tu es si belle, Cléomèna, si belle et si sensible. Je viens de te laisser rue de Fleurus et tu me manques déjà.

Je ne vis plus que dans l'espoir de te revoir demain.

Je suis amoureux pour la première fois de ma vie.

As-tu remarqué que, depuis quelques jours, nous ne nous touchons plus, même pour se dire au revoir ? Comme si nos mains, nos bouches, comme si notre peau tout entière savaient qu'à s'approcher elles risquaient de brûler. Nous marchons désormais dans les rues de Paris à bonne distance l'un de l'autre. Pendant que nous causons, ou que nous nous taisons, nos deux corps se racontent une tout autre histoire, nos regards se croisent et se fuient, nos cœurs battent un peu trop vite et nos souffles s'accélèrent malgré nous. Pourquoi résister si farouchement au plaisir que nos corps se promettent à chaque instant alors que tu es faite pour être aimée, ma belle Cléomèna ?

Je veux que tu saches à quel point tu me tourmentes, tu m'enivres, tu me troubles, tu m'émeus. À quel point je te désire. Tous les jours.

Je vais jeter cette lettre dans ta boîte, imaginer que tu vas la découvrir demain et qu'elle t'accompagnera tout le long du jour, glissée dans la poche de ta blouse – celle qui est sur ta cuisse – et que, du bout des doigts, tu viendras la froisser presque malgré toi jusqu'au soir, où je serai devant la porte du Bon-Marché à t'attendre.

À demain,

Marcel

Lettre 42

De Cléomèna à Marcel

Paris,
9 juin 1967

Je n'étais pas à la sortie du Bon-Marché, Marcel.

J'ai fui, vos regards, vos questions, vos exigences, votre colère aussi. Votre lettre m'a bouleversée au-delà de ce que vous imaginez. Vous me tournez autour, vous me tournez la tête, vous m'ensorcelez, vous êtes tellement vivant, léger, enthousiaste et gourmand de la vie, de moi comme des autres, des filles et des femmes, des jeunes et des plus vieilles, en somme de la moitié du genre humain ! Et si vous rêvez de moi nuit et jour – peut-être sans doute, je vous crois –, ce dont vous rêvez surtout, c'est de me voir succomber, n'est-ce pas ?

Et après ?

Une fois satisfait votre plaisir de m'avoir fait céder, une fois repu, comblé et rassasié, une fois tous vos fantasmes assouvis, combien de temps vous faudra-t-il pour vous ennuyer de moi et jeter votre dévolu sur une autre apparition ? Vous ne pouvez me répondre, je le sais, je ne vous le reproche pas, vous avez été depuis le premier jour parfaitement honnête, vous n'avez pas triché, vous ne pouvez rien promettre.

Moi, j'ai besoin de promesses, d'engagement et de fidélité.

Et cela suffirait sans doute à expliquer cette lettre et ma décision. Car je vous demande, Marcel, de me laisser tranquille. Je ne veux plus vous revoir. J'ai besoin de toutes mes forces pour commencer ma vie ici, dans ce pays, de temps et de sérénité pour me lancer dans ce dont j'ai envie alors que mes pensées me ramènent sans cesse dans ces îles où mes proches risquent tous les jours de mourir sous les coups, de faim, de froid, d'indifférence et d'oubli.

Je n'ai pas le cœur à la bagatelle, comme vous dites en français. Peut-être vous ai-je laissé espérer le contraire. Je peux avouer sans honte avoir pris grand plaisir à me promener à vos côtés, à nos discussions qui m'enchantent, même quand elles sont houleuses. Vous me plaisez, c'est vrai. Et j'aime l'ardeur que vous mettez à me séduire. Mais je n'ai pas envie d'aller plus loin. Ou, pour être plus juste, il me semble que je vous le dois, même si j'ai pu avoir la tentation de fermer les yeux, de vous tendre mes lèvres, de laisser nos mains se découvrir l'un l'autre, j'ai lutté de toutes mes forces et j'ai mis toute ma volonté à refuser cet abandon facile.

Je crois aux liens éternels et à l'amour qui dure.

Ainsi, vous en conviendrez, vous êtes charmant mais vous n'êtes pas pour moi. Je vous renvoie votre lettre et vous prie de ne plus chercher à me revoir.

Laissons au moins passer l'été. Peut-être parviendrons-nous à l'automne à nous voir en toute amitié.

Je vous souhaite le meilleur, Marcel, du fond du cœur.

Cléomèna

Lettre 43

*De Suzanne à Ménie Grégoire**

Chère Ménie,

J'écoute votre émission de radio tous les jours. La première fois, c'était complètement par hasard, dans la cuisine sur le poste de ma nourrice Fanchette qui, elle aussi, et même si elle s'en défend, vous écoute avec passion. C'est comme si on pouvait se réunir toutes ensemble, nous les femmes, à quatorze heures trente, dans un coin un peu à part du monde et à l'abri des regards, comme si on fermait la porte pour parler entre nous, de tout ce qui nous préoccupe et qu'on n'ose pas se dire en vrai.

Je m'appelle Suzanne, j'ai eu dix-huit ans cet été.

Je voudrais avoir votre point de vue parce qu'en fait, j'ai peur de ne jamais arriver à être une femme. Enfin,

* *Allô Ménie,* émission radiophonique quotidienne, sur RTL.

je veux dire, une femme comme les autres, mariée avec des enfants et heureuse en ménage. J'ai l'impression que cette vie-là, ce n'est pas fait pour moi. En même temps, je n'ai aucune idée de ce que je pourrais faire. Rien ne m'intéresse… J'aime regarder les gens, j'aime aussi les écouter parler. Mais cela ne suffit pas à remplir une vie tout entière.

Est-ce que je vais être capable de satisfaire un homme ?

Cet été, j'ai eu ma deuxième expérience au lit. C'était un peu mieux que la première fois, mais il m'a quand même dit que je ne lui transmettais rien et qu'il avait eu l'impression d'avoir un glaçon dans les bras. Je n'ose pas demander aux autres filles, même celles dont je suis proche, comment elles font, elles, ce qu'elles ressentent, si elles ont mal, et à quoi ressemble leur plaisir.

Chère Ménie, est-ce que je suis normale ?

Ménie Grégoire m'a répondu !

« Simplement vous avez peur et ne savez rien, comme la majorité des jeunes femmes en 1967. Je vais vous dire ce que vos mères auraient dû vous dire : on n'est pas frigide parce qu'on ne ressent rien la première fois ! Toutes les femmes sont faites pour l'amour, mais il faut un minimum de connaissances de la façon dont on est fait soi, et dont l'autre est fait. »

Ménie Grégoire

6 juin 1967

Le Monde

L'étudiant berlinois Benno Ohnesorg aurait été tué au cours d'une manifestation.

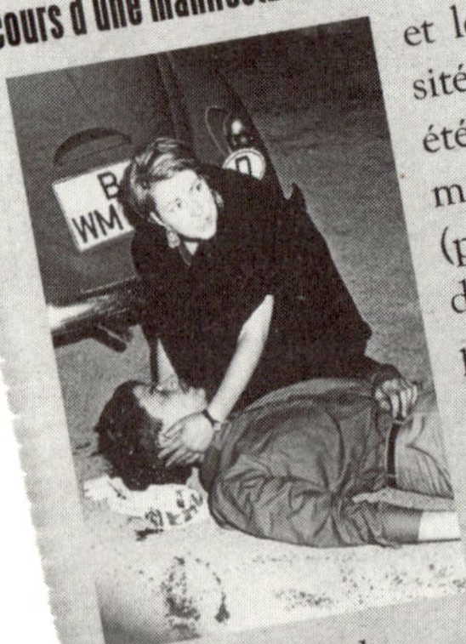

Jürgen Henschel

Il était là pour protester contre la visite du couple impérial d'Iran, manifestants et les [...] À l'université, les cours ont été suspendus lundi matin. Le « Konvent » (parlement des étudiants) s'est réuni en présence de trois mille étudiants, tandis que des drapeaux noirs ont été hissés. Une commission extraordinaire de la police judiciaire a entendu l'inspecteur qui a fait usage de son arme vendredi soir. Il a déclaré qu'il avait tiré deux fois, en état de légitime défense, étant menacé dans une cour par un groupe de huit à douze manifestants déchaînés, « dont deux armés de couteaux », et criant : « Tuez-le ! »

Lettre 44

De Magda à Suzanne

Berlin,
27 juin 1967

Ma Suzanne,

Je m'empresse de t'écrire avant qu'on ne te raconte n'importe quoi ! Je suis toujours sans nouvelles de toi. Je me demande si tu reçois mes lettres. Je souffre de ton silence. C'est impossible que tu sois fâchée avec moi définitivement sans me donner d'explications. Cela ne te ressemble pas ! J'ai essayé de t'appeler au téléphone mais Fanchette m'a parlé comme si j'étais le diable en personne. Il paraît que, comme tu passes ton bac, on ne doit pas te déranger. Je n'arrive pas à y croire. Et je garde l'espoir que tu liras ces mots. J'ai besoin que tu saches ce qui se passe. Ma vie est en train de prendre un virage que je n'attendais pas.

Le 2 juin dernier, j'étais à ma première manif. Celle contre la visite du shah d'Iran, tu es au courant ? J'ai vu un manifestant mourir sous mes yeux et pas du tout de la façon dont les médias le racontent. Il faut que tu le saches. Il faut que tu le dises. Je voudrais que le monde entier crie son indignation quand je ne rencontre autour de moi qu'indifférence et résignation... ! C'est tellement injuste et incompréhensible ! Comme si on pouvait comme ça, en 1967, être assassiné en pleine rue et mourir pour rien. Pour des idées peut-être ou même pas, parce qu'un cinglé a décidé que ce serait toi et que ta vie s'arrêterait là... C'était la première fois qu'il manifestait. Comme moi. Il était marié et il avait vingt-sept ans. Et je te jure qu'on l'a assassiné. J'étais là. J'ai vu ce flic en civil, Karl-Heinz Kurras, sortir son arme froidement, sans que rien autour de lui justifie son geste et il a abattu ce garçon, qui était de dos, d'une simple balle dans la nuque. Ce ne peut être un accident !

Alors quand j'ai lu dans la presse ce que ce policier racontait, j'ai vu rouge !!

Je ne sais que penser. Autour de moi, on dit qu'il avait été payé pour discréditer le mouvement étudiant. Ce serait d'un cynisme effrayant. Rien que de te l'écrire, j'en ai la main qui tremble. C'est pourtant le point de vue de Johann. Il était avec moi. Il a tout vu lui aussi et il est bouleversé comme moi. On est remontés à bloc contre les journalistes et le gouvernement qui tordent la vérité dans leur sens.

Je me sens trahie et salie, Suzanne. Moi, personnellement, comme si l'histoire toute proche de l'Allemagne nazie refaisait surface, comme si on n'en avait jamais fini avec la boue. Comme si les mensonges et les raisons d'État pouvaient sans fin continuer de nous réduire à néant.

Je n'ai pas réussi à cacher la vérité à mes parents quand je suis rentrée chez moi. J'étais en larmes après ce que je venais de vivre. Quand ils ont compris que j'étais allée manifester, j'ai cru qu'ils allaient devenir fous. Ils ont hurlé. Dit des tas de choses que je préfère oublier. Je veux bien mettre ça sur le compte de leur inquiétude de parents, même quand ils m'ont répété que j'étais « décidément une irresponsable », tout ça je leur pardonne, parce que je peux l'expliquer. Mais pas ce qui a suivi.

Ils sont persuadés que quelqu'un m'influence et ils veulent savoir qui. J'ai d'abord essayé de leur expliquer ce que je ressentais. C'était la première fois qu'on discutait ensemble, enfin, je veux dire, vraiment…

Alors je leur ai parlé des réunions avec Mathias au lycée.

Ils se sont assis, surpris ; j'ai eu l'impression qu'ils avaient envie que je leur raconte ce que je pensais. Je leur ai dit quelle joie, quelle légèreté, quelle force ça me donnait ces moments de partage au lycée ! J'ai raconté mon envie d'entrer dans la lutte pour un monde plus vaste et plus généreux, un monde sans guerre. Jusqu'à présent, leur ai-je avoué, j'avais suivi de l'extérieur les discussions passionnées mais j'avais peu à peu pris conscience que NOUS les jeunes, un peu partout dans le monde, nous étions tous en train de construire un mouvement d'ensemble. À Berlin, mais aussi à Paris, à Bruxelles et à Amsterdam, à New York et à Barcelone, à Rome et au Japon. Nous défilons TOUS pour protester contre l'impérialisme moderne, et contre la guerre au Viêt Nam. Et NOUS prenons peu à peu conscience de la force que NOUS représentons face aux pouvoirs en place. Il est temps que NOUS écrivions une nouvelle page de l'Histoire, une page dont le maître mot serait la liberté !

Surtout qu'en Allemagne, j'ai dit pour conclure, on a une responsabilité particulière après ce qu'on a fait au monde.

Maman est devenue blême. Papa était furieux.

– Pour nous, c'est impossible, l'engagement politique. Tu risques de nous causer du tort, tu comprends ?

Non, je ne comprenais pas et je l'ai dit, le plus doucement possible.

– C'est difficile pour moi, au mieux vous ne me dites rien, et au pire, vous me soupçonnez de vous cacher la vérité à propos de Lotte. Et je ne sais pas moi, ce que vous avez vécu et comment il faut que je me comporte si vous ne parlez pas.

– Mais qu'est-ce que tu veux savoir ? il a fini par marmonner.

Je me suis souvenue de nos promenades dans Berlin, de sa délicatesse derrière cet air bourru et angoissé qui le fait paraître tellement inabordable. Je me suis cru en confiance.

– Tu sais, tous mes amis, et certains profs aussi, nous disent qu'il faut parler de ce qui s'est passé pendant la guerre. Qu'il faut demander à nos parents et en parler, les yeux dans les yeux.

Ils ont fait tous les deux une grimace affreuse comme si quelqu'un venait de les pincer très fort. Et puis, ils se sont jeté un coup d'œil embarrassé. Et ma mère a lancé, narquoise :

– Et qu'est-ce qu'ils te racontent encore, tes gentils amis ?

Elle m'a exaspérée. J'en ai eu soudain assez de ses airs supérieurs, de ses silences blessés, de ses sous-entendus permanents. Je lui ai répondu comme si elle attendait *réellement* une réponse à sa question. Je lui ai dit que Mathias avait découvert que la maison de son enfance appartenait à des juifs et que ses parents s'y étaient installés *en connaissance de cause* dès 1937. Il a fait le choix de rompre avec eux définitivement et refuse de les voir pour toujours.

Ils ont blêmi. Je ne pouvais m'arrêter là.

Je leur ai dit que, comme tous les autres jeunes de mon âge, je me posais des questions. Sur mes grands-parents. Parce qu'on ne m'en avait jamais parlé. Comme si le passé n'existait pas.

– Bientôt, elle va nous accuser d'être responsables de son amnésie, a ricané ma mère.

Ça m'a laissée sans voix. Sa mauvaise foi. Sa méchanceté. J'ai eu tout à coup l'intuition que j'allais attendre toute ma vie une explication qui ne viendrait pas.

Mon père était extrêmement mal à l'aise. Il a

hésité, j'ai cru qu'il cherchait ses mots, mais en fait, quand il a parlé, j'ai bien vu qu'il répétait quelque chose qu'il avait déjà dit, et qu'il le répétait au mot près, comme si c'était une question de vie ou de mort.

– On n'a rien fait de plus ou de moins que la plupart des Allemands, on n'était pas forcément d'accord avec Hitler, mais on n'a rien fait contre ; il y a eu du travail dans le pays alors qu'avant c'était la crise. Et pour le reste, on a baissé la tête pour éviter d'avoir des ennuis. On avait peur.

– On, c'est qui ? j'ai demandé froidement.

C'est ma mère qui a rétorqué, cinglante :

– On, c'est NOUS, ce même NOUS dont tu te sens tellement partie prenante.

C'était comme un coup de poing dans le ventre. J'ai compris que non seulement la discussion était close, mais que, d'une certaine manière, je venais, malgré moi, de leur déclarer la guerre.

J'ai peur.

Mais je n'ai plus le choix. Il faut que j'avance, que je trace mon chemin. Et je ne me sens moi-même que quand je ne suis pas avec eux.

Quoi qu'on te dise à mon propos, Suzanne, je te demande de ne pas le prendre à la lettre. Je ferai en sorte d'être toujours honnête et de parler. C'est la seule manière que j'ai trouvée de me sortir de cette boue. Je veux savoir ce qui s'est passé dans ma famille. Si toi, tu posais la question à ta mère, tu crois qu'elle aurait le courage de nous répondre ?

Je ne suis pas sûre que tu liras cette lettre. Je prie le ciel de nous être favorable !

Je t'embrasse.

Magda

Lettre 45

De Karl à Ilse

Berlin,
1er juillet 1967

Ilse,

Crois-moi, j'aurais préféré ne jamais t'écrire cette lettre. Devoir plonger à nouveau dans le cauchemar que nos parents nous ont laissé en héritage me coûte autant qu'à toi, je peux te l'assurer. Mais à chaque fois que je crois en être débarrassé, voilà que les mêmes questions resurgissent et que je me retrouve à nouveau dans la situation étrange de devoir répondre de ce qu'ils ont fait, de ce qu'ils ont pensé et de ce qu'ils sont devenus.

Cette fois, c'était au tour de Magda de m'interroger. Ça s'est très mal passé. Je ne lui ai rien dit. Je continue de penser qu'il est mille fois préférable de se taire. Je ne veux pas que nos enfants portent ce poids-là. C'est assez difficile comme ça pour nous. Il faut que ça finisse par disparaître des mémoires. Les jeunes générations ne sont pas comptables de ce qu'ont fait leurs aïeux. J'en suis absolument convaincu.

Magda va évidemment tout faire pour en savoir plus. Elle est influencée par une bande de jeunes gauchistes prétentieux qui prônent le grand déballage. Moi je me tiendrai toujours à ce que j'ai dit. J'espère que tu feras de même quand Suzanne te posera ces questions. Elle ne va pas tarder à le faire. Je préférais te prévenir avant.

J'ai une autre mauvaise nouvelle à t'annoncer. Qui fait en quelque sorte suite à la première. Dieter et Magda ont eu une liaison sous ton toit pendant un long moment. Je l'ai appris il y a plusieurs mois quand j'ai surpris Magda en train de répondre à l'une de ses lettres. Je trouvais bizarre en effet qu'elle reçoive tant de courrier de sa part. Quand j'ai compris ce qui s'était passé entre eux, j'ai pris le parti de me taire mais d'intercepter les lettres de Dieter. Il est arrivé ce que j'avais prévu : il a cessé de lui écrire. Et puis voilà qu'il recommence. J'ai ouvert sa lettre où il dit qu'il fréquente des mouvements d'extrême droite, fascisants et volontiers violents. Je préférais te prévenir.

Si je suis resté si longtemps en prison, c'est parce que la Stasi a découvert – je n'ai jamais su comment – que nos parents avaient fui en Amérique du Sud dès qu'ils avaient compris que la guerre était perdue et que Hitler s'était suicidé. Les agents de la police politique de l'Est restent persuadés que nous savons où ils se cachent. Ou que, parce qu'ils sont nos parents, ils chercheront tôt ou tard à reprendre contact avec nous. Rien ne peut les faire changer d'avis, c'est une véritable obsession. Ils savent pourtant que j'ai refusé d'être un officier SS et que j'ai été prisonnier en Russie dès 1943. Ils savent aussi que j'ai choisi de vivre à l'Est par conviction et pour marquer mon rejet de ce qu'avaient fait nos parents et dont j'ignore encore l'ampleur exacte. Toi aussi, d'une certaine manière, tu les as fuis ; autrement…

Mais pour Berlin-Est, c'est comme si le national-socialisme nous avait été transmis génétiquement. À leurs yeux, c'est une marque indélébile.

Il est donc très important pour moi, pour la sécurité de Sybille et de mes enfants, que PLUS JAMAIS aucune allusion à cette période ne passe le pas de ma porte.

Je ne te fais aucun reproche. Mais tu comprendras sans peine qu'il est hors de question que Magda vienne à Saint-Raphaël cet été. Je ne tiens pas à ce qu'elle croise Dieter. Et je crois préférable que Suzanne soit protégée elle aussi de tous ces remous nauséabonds.

Je suis désolé. Vraiment désolé.

Je te souhaite malgré tout un bel été !!
Mes amitiés à Maxime.

Baisers de ton frère,

Karl

Magda, Papa a mis le champagne au frais pour fêter notre entrée à l'Université ! En t'attendant nous passons des heures à feuilleter les magazines en sirotant des orangeades, à lire dans le hamac des romans policiers insipides, à jouer à des parties de Scrabble interminables en attendant la fraîcheur du soir pour aller danser – J'ai même recroisé Riccardo – Il est pas si mal !!
Viens vite !! Dieter se languit de toi aussi !
Suzanne !

Magda Mühlmeister
Seelingstraße 11
Berlin
RFA

Lettre 46

De Suzanne à Magda

Paris,
21 juillet 1967

Maman m'a tout raconté!!! Je ne comprenais pas pourquoi tu ne venais pas. Pourquoi tu n'étais jamais là quand j'essayais de te joindre par téléphone… Elle a fini par tout dire… Et je n'en reviens pas!!!

Comment aurais-je pu imaginer que tu savais tromper ton monde de façon si sournoise? Je cherche à faire le lien, à recoller les morceaux, à chercher des indices! Mais comment concilier ces deux images: d'un côté les souvenirs que je garde de toi, de la Magda que je connais, droite, presque austère à force d'être mesurée, et de l'autre, la petite garce qui allait rejoindre son propre cousin dans sa chambre la nuit?

Je n'y arrive pas.

Je veux que tu viennes à Paris et que tu répondes à toutes mes questions ! Je veux comprendre !! Car pire que tes mensonges, il y a ce sentiment que tu as tout sali et tout piétiné, et surtout la confiance que je te faisais, nos serments de tout se dire. Je t'en veux à mort. J'ai le droit de te le dire moi-même !

L'attitude de maman m'énerve. Elle m'a dit qu'elle avait déchiré deux de tes lettres. Je ne supporte pas que les autres parlent à ta place.

Je t'ai juré, je me souviens très bien, mais j'ai juré sans savoir. Maintenant je sais et je veux comprendre. Comment est-ce possible ? À chaque fois que j'y pense, je reste hébétée de dégoût. Je finis par me dire qu'on m'a peut-être menti, que tu pourrais m'expliquer ? D'autant que, depuis tes « révélations », Dieter n'habite plus avec nous. Je n'ai plus aucune nouvelle de lui. Et on refuse de m'en dire plus. Je sais juste que papa continue de lui payer ses études. Mais il refuse obstinément qu'il reparaisse devant lui. Ou est-ce que c'est ma mère qui l'a jeté dehors ? Je n'en sais rien, Magda... Mais quelle affreuse histoire tu nous obliges à vivre...

Qui es-tu vraiment, Magda ?

Je me rends compte soudain que tu mesurais chaque mot, chaque geste, chaque pas que tu faisais. Tu es une fille aux secrets bien gardés. J'avais cru que notre amitié comptait pour toi plus que tout le reste. J'ai maintenant une impression désagréable... Dans le fond, je ne sais pas qui tu es.

J'espère que tu liras cette lettre et que tu vas

répondre. Tu me le dois ! J'ai souvent des envies de te mettre en pièces. Et si tu étais devant moi à l'instant, je commencerais par te frapper jusqu'au sang. De l'imaginer me soulage vaguement.

Adresse ta lettre à Cléomèna Rounaris, à la même adresse. Elle me la transmettra.

Suzanne

Lettre 47

De Cléomèna à Jacques Fontaine,
ambassade de France à Athènes

Paris,
août 1967

Cher monsieur l'ambassadeur,

Vous allez sans doute me trouver bien exigeante après tout ce que vous avez déjà fait pour moi. Croyez bien que je mesure tous les jours ma chance et tout ce que je vous dois. Votre générosité m'aide à tenir debout. Et elle m'oblige à me lever chaque matin et à continuer ma route.

Mais je suis toujours sans nouvelles de ma mère et de mon frère. Par moments, j'ai l'impression qu'ils vont bien, qu'ils sont quelque part en sécurité et que je vais les revoir très vite parce que c'est impossible autrement. Le plus souvent, je m'efforce de rester lucide. Je sais bien qu'ils sont en grand danger, s'ils ne sont déjà morts.

Je vous supplie de me faire savoir ce qu'il en est. Promettez-moi de me dire la vérité aujourd'hui et demain. Soyez certain que je serai toujours assez forte pour l'entendre. Tout plutôt que ce silence et ces questions sans fin.

Je joins à ce petit mot une autre lettre pour ma mère que je vous demande de conserver avec les précédentes jusqu'au jour où elle viendra prendre de mes nouvelles. Vous êtes devenu, bien malgré vous sans doute, notre point de ralliement. Et de cela aussi, je vous sais infiniment gré.

En vous remerciant par avance et encore une fois de l'attention que vous apportez à ma situation, je vous prie de croire, cher monsieur Fontaine, à l'expression de mes sentiments respectueux.

Cléomèna Rounaris

Lettre 48

De Cléomèna à Stavroula

Paris,
4 septembre 1967

Je suis bien contente de voir arriver l'automne, même si, à Paris, c'est tout de suite humide et que le gris du ciel se confond avec la couleur des toits. En août, la ville était complètement silencieuse, vidée de ses habitants, ils étaient tous partis ou presque… Par moments, je me suis sentie très seule. Dans ma petite chambre là-haut où il faisait si chaud, j'ai quand même fait du latin tous les jours. Je n'aurai pas le niveau évidemment, mais je crois que je vais m'en sortir. J'ai tellement hâte d'avoir mes premiers cours ! Je veux être excellente et décrocher les meilleurs diplômes, et je suis sûre que je vais y arriver, j'y passerai le temps qu'il faudra.

Vous serez fiers de moi.

J'ai donné ma démission au Bon-Marché courant août. J'ai trouvé un autre travail. Je suis bien mieux payée et je ne reste pas debout comme une godiche à sourire en regardant dans le vide. Ce que j'ai trouvé, ce n'est pas vraiment un métier, c'est plutôt comme un jeu, même si c'est un jeu un peu triste. Tu vois, je prends des précautions, j'imagine que ça ne va pas te plaire ! J'ai d'abord refusé, et puis je l'ai fait une fois et je me suis rendu compte que ça ne me coûtait pas tant que je l'avais imaginé. Je pose pour des peintres et des sculpteurs dans une école d'art. Je suis nue mais, tu sais, ce n'est pas moi qu'ils regardent. Avec cet argent, je me suis acheté une jolie robe pour la première fois de ma vie. Elle est très sobre, noir et blanc, et tombe droit juste au-dessus du genou. Quand je la porte avec un chignon haut, j'ai presque l'air d'une Parisienne. J'ai aussi fait des photos pour un magazine de vente par correspondance. Pour une grande marque de sous-vêtements française. C'était plus difficile. Personne ne fait attention à toi, on te tourne et on te manipule comme si tu sonnais creux. Et j'ai eu l'impression d'y laisser un peu de moi-même quand j'ai vu la photo. On peut me reconnaître, me prendre pour ce que je ne suis pas. Mais je n'ai pas honte. Il en faudrait bien plus pour entamer ma détermination. J'ai compris que ce n'est pas en ayant un air de pauvrette que je pourrai faire partie du monde auquel j'ai envie d'appartenir. Je veux mettre tous les atouts de mon côté. Et si le prix à payer, c'était des photos pour Playtex, eh bien, c'était le prix à payer et je n'en suis pas morte.

J'ai raconté ce que je faisais à Déborah. Je pensais que je ne risquais aucun jugement de sa part. Eh bien, je me suis trompée. Elle m'a accusée de m'être mise au service des plus riches, d'avoir vendu mon âme au diable, de manquer de principes et de ne pas mesurer que c'était à toutes les femmes que je faisais mal en acceptant de faire de la pub et de me transformer en esclave.

En somme, je les avais toutes trahies, toutes celles qui se battaient contre les forces réactionnaires et misogynes.

J'en suis d'abord restée sans voix.

Déborah fait partie de ceux qui disent que les intellectuels doivent aller travailler à l'usine, qu'il faut qu'on fasse ici comme on fait à Cuba, et qu'il faut inventer un autre mode de vie, communautaire, où l'égalité et la liberté seront érigées en principes de vie, où la propriété serait abolie. C'est plus qu'un rêve, c'est devenu une obligation morale.

Plusieurs fois, j'avais déjà pensé en l'écoutant que papa l'aurait adorée et que Mitso en serait tombé amoureux. Elle est exaltée comme ils aiment, déterminée et jusqu'au-boutiste, rien n'est assez grand et assez pur. On doit *tout* sacrifier pour faire advenir le meilleur.

Mais je n'arrive pas à imaginer ce que tu en aurais dit, toi. Est-ce ainsi que tu imaginais ma vie ? Est-ce que tu m'aurais toi aussi condamnée ? Quel choix aurait eu ta préférence : travailler comme vendeuse dans le temple du luxe ou se faire prendre en photo pour un magazine ?

Pour ma part, je refuse de répondre. Et surtout pas à ceux qui cherchent *aussi* à m'enfermer et à me dire comment je dois penser et qui je dois devenir.

Je me suis énervée. Je lui ai dit que je détestais tous ces gens qui prétendent défendre la liberté en commençant par condamner ceci ou cela au nom de leurs principes. Il est hors de question que j'échange une oppression pour une autre !

– Vous êtes tous pareils, une petite bande de bourgeois méprisants et verbeux, assis dans leurs fauteuils cossus, ivres d'eux-mêmes et de leurs belles idées !

J'étais prête à tourner les talons et à ne plus jamais lui parler. Mais, à ma grande surprise, elle a éclaté de rire. Elle a glissé son bras sous le mien et elle a dit :

– T'as raison, excuse-moi, je t'emmène boire un verre !

Moi, j'étais encore toute tremblante de colère. Comment peut-elle passer aussi facilement d'une humeur à une autre ? J'ai froncé les sourcils, méfiante.

– Alleeeez, ne fais pas cette tête-là, tu as raison, je te dis !! Et puis, le plus important, tu sais, c'est qu'on s'amuse un peu... Et c'est pas avec les garçons que ça va nous arriver...

Je me suis laissé convaincre. Et je ne l'ai pas regretté !

On s'est promenées un moment sans rien se dire, et puis, soudain, elle m'a parlé du mouvement Provo en Hollande qui est né il y a quelques années. Les jeunes avaient décidé de peindre les bicyclettes en blanc et de les laisser en propriété publique pour que tout le monde puisse les utiliser. Une provocation contre la propriété privée capitaliste. Elle avait envie de lancer l'idée à Paris.

Il fallait commencer par voler quelques vélos, les plus beaux évidemment et dans les beaux quartiers, et puis les repeindre, et après on verrait...

Elle est complètement dingue, tu ne trouves pas ??

Je l'ai suivie.

On a volé cinq vélos chacune. Et puis on a roulé jusqu'à la porte de Saint-Ouen où elle les a fait repeindre par un garagiste un peu louche.

Et on les a ramenés en plein Quartier latin.

Après, on est allées se coucher.

Tu ne devineras jamais ?!!!

Personne ne les a pris ! Ni pour rouler avec ni pour les voler. On en a retrouvé neuf, exactement à l'endroit où on les avait mis !

Déborah a eu l'air très déçu. C'est vrai que c'était assez déprimant, comme si personne n'avait voulu jouer à notre jeu, comme si on venait de nous dire que les gens n'en voulaient pas de notre liberté, ni du partage, et encore moins de notre insouciance. Déborah s'est énervée. Elle s'est mise à crier : « Regarde-les, ils avancent tête baissée, ils sont tristes et moches, on n'en fera jamais rien d'autre que des esclaves satisfaits de leur sort. »

J'ai essayé de la raisonner un peu, mais c'était peine perdue.

Elle était *vraiment* désespérée. Elle a haussé les épaules. C'est là que j'ai vu qu'elle avait les yeux cernés. Je lui ai demandé si elle allait bien. Elle a dit non. Et elle s'est mise à pleurer.

On a fini par parler de Marcel. Tu te souviens de lui ? Oui, bien sûr que tu t'en souviens, même si tu n'as pas lu mes lettres. J'ai l'impression que tu m'écoutes pendant que je t'écris et que tu n'es pas loin. C'est même ce qui me permet de continuer à vivre, l'illusion que vous êtes là, Mitso et toi, tout près.

Alors, ce Marcel est un charmeur qui aime les femmes, qui les séduit et qui les fait souffrir. Moi, j'ai bien failli tomber dans son piège. J'ai réussi à ce qu'il me laisse tranquille.

Déborah m'a dit qu'avant la rentrée, elle devait partir en Bretagne pour voir ses parents. Et qu'elle reviendrait mi-octobre. Elle avait l'air bizarre. (À toi, je peux avouer que j'étais contente qu'elle s'éloigne un peu de Marcel… C'est moche, n'est-ce pas, d'être jalouse et envieuse d'une fille qui me fait confiance…) Même si elle n'arrête pas de répéter qu'elle, elle s'en fiche de Marcel, et que c'est pour ça que ça dure entre eux, à cause de leur drôle de manière d'être ensemble.

– Un jour, il me quittera pour une autre parce que cette autre exigera de l'avoir rien que pour elle. Mais on n'enferme pas les oiseaux dans les cages. Parce que les oiseaux, c'est fait pour voler, tu crois pas ?

Elle me regardait intensément et n'attendait pas de réponse. On s'est quittées sur ce quai de gare où je l'avais accompagnée pour l'aider à porter toutes ses affaires. Il faisait humide et froid. J'ai beaucoup pensé après à ce qu'elle m'avait dit.

Je ne suis pas d'accord avec elle.

Il y a des oiseaux inséparables. J'en ai connu.

Papa et toi, vous étiez des êtres libres et vous n'avez jamais cessé de voler côte à côte.

Je pense à toi les tous les jours.

Cléomèna

PS: Demain, j'ai rendez vous avec Suzanne. On s'inscrit à la Sorbonne.

Je ne vais pas dormir de la nuit.

LES OCCUPANTS DE LA FACULTÉ DE LETTRES ET DE PHILOSOPHIE DE BOLOGNE PRINTEMPS 1967

**Nous nous retrouvons ici tous les jours,
nous travaillons et nous discutons.
Nous ne voulons pas que d'autres
le fassent pour nous.**

LES ÉTUDIANTS DE VENISE– 1966

L'examen ne sert pas à préparer l'examen mais à s'assurer que l'étudiant est en train de devenir crétin; en effet, pour passer l'examen, il faut s'imposer de rester assis pendant des heures afin d'apprendre par cœur un nombre de notions qui varie selon les matières. Les examens sont jugés à la page: les plus importants correspondent aux mémoires les plus épais. Il est clair que la crétinisation, ritualisée trois fois par an, doit donner ses fruits à la longue. Les exemples ne manquent pas.

Madrid, janvier 1967

La fédération universitaire démocratique espagnole, qui lutte pour l'université espagnole accessible à toutes les classes et à toutes les idéologies, est consciente que cette démocratisation ne sera possible que dans le cadre d'une préalable démocratisation de la société espagnole en totalité.

Freie Universität Berlin – 1965

La misère de luniversité est la misère de celui qui doit y étudier. La condition des étudiants de luniversité libre est insupportable. Nous devons travailler dans de mauvaises conditions, nous contenter de cours misérables et de séminaires idiots, nous soumettre à des examens absurdes. Nous refusons que ces idiots spécialisés de professeurs fassent de nous des idiots spécialisés de plus, et nous le faisons au risque de devoir terminer nos études sans examens.

S.D.S. Sozialistische Deutschen Studen

Lettre 49

De Magda à Suzanne

Berlin,
15 octobre 1967

J'ai enfin la certitude que tu vas lire cette lettre puisque c'est Johann en personne qui va te la remettre et cela m'apaise au-delà de ce que tu peux imaginer. Je refuse de te perdre sans avoir pu parler, défendre ma position. Après m'avoir lue, dis simplement à Johann si tu acceptes de me répondre. Et envoie ta lettre chez lui à l'adresse qu'il te donnera.

Te souviens-tu de notre soirée sur la place de la Nation ? C'est là que, Dieter et moi, nous nous sommes embrassés pour la première fois. Je ne peux pas t'expliquer ce qui s'est passé. Le désir se passe de raisons. C'était interdit, c'était même condamnable et c'est justement ce qui rendait notre attirance irrésistible. En tous les cas, ni l'un ni l'autre nous n'avons réussi à lutter contre.

Peut-être que nous nous sentions tous les deux aussi perdus et différents l'un que l'autre au sein de notre propre famille ? Est-ce cela qui nous a rapprochés ?

Mais ça ne suffira sans doute pas à effacer le rejet et le dégoût que notre aventure provoque. J'en suis désolée, même si ça ne change rien que je le dise.

En fait, je ne peux pas répondre à toutes tes questions. Parce que je ne peux pas y répondre moi-même, c'est inexplicable. Mais surtout parce que JE NE VEUX PAS y répondre. Je refuse d'être traitée comme une putain parce que j'ai couché avec un garçon et que j'y ai pris du plaisir. Voilà, c'est dit, c'est choquant en soi et c'est encore plus scandaleux parce qu'il s'agissait de mon cousin. Je sais. Je ne peux que le répéter. Mais je n'ai trahi personne, ce n'est pas vrai, je n'ai trahi personne ! J'ai envie de le crier. Je suis toujours la même, Suzanne, je suis ton amie et je veux le rester.

J'en ai beaucoup parlé avec Johann. Et c'est comme si j'avais enfin posé à terre un sac qui pesait des tonnes et qui me tirait en arrière et m'empêchait d'avancer, tu comprends ?

Je rejette toute leur morale bourgeoise. Elle ne m'impressionne plus parce que je vois bien à quoi elle leur sert aujourd'hui. C'est bien pratique de me couvrir de boue au moment même où je pose des questions sur notre famille, sur nos grands-parents et sur ce qu'ils ont fait pendant la guerre. Parce que si tante Ilse a été si violente, si elle refuse que nous continuions à nous voir, si elle fait tout aujourd'hui pour nous séparer, ne te leurre pas, ce n'est pas parce que j'ai couché avec Dieter mais parce que j'ai posé des questions qu'on ne doit pas poser.

On ne m'a pas répondu.

Et c'est bien ce qui m'inquiète. Notre famille garde ses secrets bien au chaud, et ils sont tous d'accord pour ne rien dévoiler. Je ne sais pas si on saura un jour parce qu'à les entendre, ils n'ont rien vu, rien entendu comme tous les autres Allemands. Et c'est la seule chose qui compte. Plus JAMAIS de fascistes au pouvoir ! JAMAIS !

Il y aura une grande manifestation demain à Berlin contre la guerre au Viêt Nam. Je sais qu'il y en a une aussi à Paris. Le 21, au même moment. Les syndicats se sont mis d'accord.

Johann y sera. Je rêve que tu y seras aussi et que, d'une certaine manière, ça nous rapprochera.

Iras-tu ? Je sais que tu n'aimes pas la foule…

Johann doit rencontrer un étudiant, Daniel Cohn-Bendit, qui est inscrit à Nanterre. Est-ce que tu l'aurais vu ? Il est roux carotte et a un don singulier pour mettre tous les amphis en vrac. Il est aussi très drôle. Il est venu à notre université critique pour parler avec Rudi Dutschke.

Mon amie, ma douce, je te demande de me pardonner de ne pas t'avoir confié ce qui m'arrivait. J'avais peur de ta colère et de ton jugement. J'espère que notre amitié sera assez forte pour résister à cette violente tempête.

Moi, j'attendrai le temps qu'il faudra.
Je t'embrasse très fort,

Magda

Lettre 50

De Suzanne à Magda

Paris,
18 octobre 1967

Magda,

Tu imagines ma surprise quand cet inconnu à la houppe m'a tendu une lettre de toi… Je n'ai d'ailleurs toujours pas bien compris comment c'était possible et pourquoi il faisait cela pour nous deux. Comme je te l'avais déjà écrit dans une de ces lettres que tu n'as jamais lues, il faut que tu adresses ta prochaine lettre à Cléomèna Rounaris, rue de Fleurus, elle me la transmettra. (Elle habite dans une chambre à côté de Fanchette. On peut absolument lui faire confiance.)

Je t'envoie celle-ci par l'intermédiaire de ce Johann qui a l'air prêt à se jeter dans le vide pour te satisfaire.

Tu es quand même très douée pour rendre les hommes fous de toi…

Je n'ai plus très envie de me mettre en colère. Je suis blessée, je le resterai quoi qu'il arrive. Il suffit que j'y pense. Je n'ai pas envie de te pardonner ni de te juger. Ça continue de me gêner d'y penser. J'accepte que tu l'aies fait puisque c'est ce qui s'est passé, mais je trouve ça bizarre. Et tu as beau dire que tu refuses d'être jugée, eh bien moi, je te le dis, je te juge malgré tout, et je pense que tu devrais mourir de honte. Parce que Dieter est ton cousin et que c'est moche de l'avoir fait comme ça.

Voilà, c'est dit. C'est vrai que ça a changé la confiance que j'avais en toi. Qui n'est plus tout à fait la même. Je ne sais pas si c'est mieux ou moins bien. Je préfère être plus lucide. Je me suis rendu compte aussi que je voulais absolument continuer à avoir de tes nouvelles et à te donner des miennes. Le plus dur, ça a été d'accepter de ne pas pouvoir tout expliquer ou comprendre. Notre amitié est plus forte que cette histoire avec Dieter. Même si c'est difficile de l'admettre.

Il faut quand même que je te dise...

Avant de recevoir ta lettre et devant le silence de mes parents, j'avais décidé de retrouver Dieter. Lui seul pouvait me dire ce qui s'était passé. Je suis donc allée tout simplement l'attendre à la sortie de sa fac, rue d'Assas. J'ai attendu longtemps dans un froid polaire, en plein courant d'air. J'ai imaginé qu'en me voyant, il allait m'ignorer. Et c'est exactement ce qui s'est produit !

– C'est elle qui t'envoie ? il a demandé brutalement.

Il était très pâle, il avait les yeux cernés, il avait beaucoup maigri. J'ai bien vu qu'il hésitait à me parler. On est restés quelques minutes sur le trottoir à se balancer d'un pied sur l'autre. J'ai dit que j'étais venue parce que je voulais comprendre. Et que je ne le lâcherais pas tant que je n'aurais pas obtenu de réponses. Il a ri mais c'était un rire triste. Il m'a entraînée dans un café au fond de la salle, et nous avons pris tous les deux un bon chocolat chaud.

On a pensé à ceux qu'on buvait dans la cuisine de Fanchette en rentrant de l'école. Comme si tu avais été là aussi. On a souri.

– J'ai rien à te dire, Suzanne. Ça regarde personne, ce qui s'est passé entre Magda et moi. Ça m'énerve qu'ils s'en mêlent et qu'ils nous jugent. Je suis sûr qu'elle dit la même chose que moi. Parce qu'on a été heureux. Elle est libre, Magda, tu sais ? Aussi sauvage et indépendante qu'un chat. Et ça, personne n'y peut rien.

J'ai baissé la tête. Il avait raison. Il te connaît bien. Je ne l'avais jamais vu aussi ému.

Et puis soudain, son visage s'est durci. Je l'ai vu lutter contre lui-même. Il s'est mis à parler de son engagement politique. Et on s'est disputés. Il est entré dans une sorte de délire, sur la pureté de l'Occident, sur notre supériorité de Blancs, sur son goût pour le combat et la violence et la nécessité d'écraser l'esprit marxiste qui grangrène nos cerveaux. Il m'a parlé aussi de tous ceux qui sont revenus de la guerre d'Algérie, abîmés, mutilés, toute cette génération qui sait que « c'est de l'ordre que naît le progrès », c'est comme ça qu'il en a parlé.

On s'est quittés sur le bord du trottoir, on s'est fait la bise avec maladresse, en se promettant de se donner des nouvelles tout en sachant que ça n'arriverait pas.

Je n'aime pas mon frère, Magda. Encore moins qu'avant. On dirait un fantôme, comme s'il marchait au bord d'une falaise, en riant nerveusement, comme s'il lançait des défis que personne ne relève, et comme s'il avait l'air de se foutre de tout. Comment tu as pu avoir une histoire avec un type pareil ?

Je ne lui ai pas parlé de nos grands-parents. J'ai pensé que ça risquait d'engendrer des catastrophes. Je me trompe peut-être… Mais comme je ne sais pas moi-même quoi faire de ces questions, j'ai préféré le silence. Je suppose que tu n'es pas d'accord. Mais s'il te plaît, laisse-moi le temps de savoir ce que j'en pense. Maman m'a fait jurer de ne plus jamais en parler.

Suzanne,
ton amie malgré tout

PS : Un mot encore sur cette Cléomèna à qui tu dois adresser ton courrier. Voilà pourquoi tu peux lui faire confiance. Elle a fui la Grèce à cause de la dictature instaurée par les colonels. D'ailleurs, c'est étrange, as-tu remarqué qu'en Grèce, ce sont les communistes qui résistent à la dictature et que ce sont eux qui portent l'espoir d'un monde nouveau ? À Paris, on vénère Mao et sa Révolution culturelle quand on ne rêve pas de partir à Cuba où, paraît-il, on lit de la poésie dans les usines… J'imagine qu'à Berlin-Ouest, ce n'est pas tout à fait la même chose… Et pourtant, tu me dis que vous êtes très engagés contre la guerre au Viêt Nam. C'est bizarre, non, de se mettre à parler politique ?? Ça ne nous ressemble pas… Crois-tu que le monde soit réellement en train de changer ?

Je t'embrasse.

PPS : Je suis si contente de pouvoir à nouveau penser à toi sans avoir les larmes qui montent…

Lettre 51

De Cléomèna à Stavroula

Paris,
10 décembre 1967

Maman, je viens de voir la neige pour la première fois de ma vie. Ici, à Paris, mais aussi dans toute la France, tout le monde ne parle que de ça. On glisse, on grelotte, on est bloqués, on râle contre les trottoirs verglacés, les trains en panne et jusqu'aux avions qui n'ont pas pu décoller. Mais la neige continue de tout recouvrir, imperturbable. Et moi, même si j'ai très froid dans ma petite chambre sous les toits dans laquelle je ne rentre que pour dormir – Fanchette me prépare des bouillotes d'eau chaude qu'elle glisse dans mes draps –, je me régale de la beauté silencieuse de ces rues ensevelies sous ce manteau neigeux. Comme si, soudain, on pouvait arrêter le temps.

C'est dans ces moments-là que notre séparation m'est le plus difficile. C'est dans ces moments-là surtout que je pense à vous si fort que j'ai l'impression de vous avoir avec moi, et l'illusion n'en est que plus douloureuse et c'est pourquoi je retourne à mes lettres ; tenir ma promesse, ne pas rompre le fil, si mince, avec l'espoir que ces quelques mots te parviendront.

J'ai donc fait ma rentrée, je ne suis pas à la Sorbonne comme je l'avais imaginé mais dans une faculté en banlieue, à Nanterre, où tout est très agité. Il est difficile de passer une journée sans qu'au moins un cours soit interrompu par des revendications de groupes d'étudiants très remontés contre la direction de l'université, mais aussi contre leur ministre et le gouvernement en général. D'un côté, je les aime bien, ils me font rire, et c'est difficile de résister à ce joyeux désordre. De l'autre, ils me font peur. Il faut que je reste tranquille, par égard pour mes hôtes et pour faire honneur à ceux qui m'ont fait confiance ; je dois réussir mes études, sinon tous ces sacrifices que vous avez faits et que vous faites encore n'auront servi à rien.

Je suis souvent au café Fontaine à la station Saint-Michel près de la Seine. Il y a beaucoup de réfugiés de chez nous. Beaucoup d'hommes. Et beaucoup de fils d'intellectuels d'Athènes et de Thessalonique. Ils sont très solidaires, aiment se retrouver entre eux.

En ce qui me concerne, j'en dis le moins possible. J'aime m'asseoir parmi eux et écouter chanter ma langue. Mais il ne faut pas que ça dure trop longtemps, ça m'aspire dans un tourbillon de nostalgie où tout est noir et sans espoir. J'ai besoin de garder toutes mes forces. Un certain Stavros, qui a des liens avec une association d'étudiants à Athènes, va essayer d'avoir des nouvelles de vous. Il m'a promis. Il s'est assombri quand j'ai raconté un peu de notre histoire. Il m'a interdit de rentrer au pays. « Ce serait ton arrêt de mort. » J'ai pleuré toute la nuit qui a suivi. Il ne sait pas que je t'écris, je n'ai même pas osé lui dire. Je ne peux pas croire que cela vous cause du tort. Est-ce que je dois arrêter ? À qui je peux le demander ? Puisque c'est en français, c'est sans doute moins dangereux.

Ce qui est terrible avec une dictature, c'est cette peur qui infuse malgré toi.

Quand je ne suis pas à la fac, je continue de gagner ma vie en travaillant pour des maisons de couture ; c'est assez irrégulier et je n'arrive pas encore à négocier mes contrats. Mais cela me laisse du temps et de quoi vivre. Aujourd'hui, j'ai porté une tenue de chez Courrèges, très courte, bleu et gris, c'était magnifique. Une fille m'a dit que je n'avais pourtant pas le style de la maison ; trop de poitrine et de hanches et des lèvres trop charnues. Alors, je me dis que tout cela ne va peut-être pas durer… Pour le moment, ça m'amuse et ça me plaît.

Mais ne t'inquiète pas. Dès que j'aurai fini cette lettre, je me mets à un devoir sur *La Princesse de Clèves*. Je l'ai tellement lu que j'en connais déjà des passages presque par cœur. Tu vois, je n'ai pas oublié les leçons de mon père. Je pense à toi tout le temps.

Ta fille qu'ici on appelle *Cléo*
(C'est chic, non ?)

Lettre 52

De Marcel à Cléomèna

Paris,
14 décembre 1967

Cléo, il faut que tu saches que je ne suis pas ce gentil camarade que tu côtoies tous les jours à la fac. Je me suis tenu à ce que je t'avais promis ; j'ai cessé de te parler du désir que j'ai pour toi ; j'ai éteint mes regards, j'ai mesuré chaque geste, je t'ai montré Nanterre en bon camarade, je t'ai même présentée à tous mes amis, y compris ceux dont je pense qu'ils sont plus séduisants, plus riches, plus stables que moi, et donc tous susceptibles de te plaire. J'ai respecté ton choix, j'ai obéi à tes ordres, je me tiens tranquille à tes côtés !!

Eh bien, vois-tu, je crois que je n'aurais jamais dû.

Tu vois bien, j'en suis réduit à faire ma propre promotion comme si j'étais une poudre à récurer ou un aspirateur. C'est ridicule et dégradant.

Et puis te voilà affublée maintenant chaque fois que je te croise de ce François Berthin pantalon-veloursveste-assortie et cravate de travers, dont on ne sait qui il cherche précisément à imiter, Sartre ou Godard. En revanche, il est certain que cet air qu'il se donne, yeux plissés derrière ses grosses lunettes, souligne l'essentiel: c'est un homme comme saisi par l'intensité de sa propre pensée. C'est sûr, c'est du sérieux, il doit traduire Cicéron même quand il est aux toilettes! Je ne comprends pas comment tu peux passer des heures avec lui, en bibli ou ailleurs. Il est vieux, Cléo, tu vois bien comme moi que ses cheveux grisonnent et que son ventre va bientôt lui tomber sur les genoux. Et qu'il est ennuyeux au-delà de l'imaginable! C'est parce qu'il est prof qu'il te plaît? Parce qu'il ponctue ses phrases de citations latines en ne prenant jamais la peine de les traduire, ce serait dégradant, *nèss'pas,* de s'abaisser à parler à la populace.

Je suis déçu, Cléo, je t'imaginais plus rebelle, insoumise, plus fière et consciente de ce que tu mérites. Mieux, certainement, que ce vieux traîne-savate! Es-tu allée chez lui? T'a-t-il présentée à ses amis les autres «prôfesseurs», j'ai appris qu'il donne aussi quelques heures aux Beaux-Arts?

On ne te voit jamais dans nos réunions politiques. Et quand on fait grève, tu files entre les gouttes pour aller je ne sais où. Drôle de conviction, tout de même…

Oui, c'est exactement ça, je te rêvais debout, en première ligne, entraînant derrière toi une foule d'indécis. Quand te voilà, timide, studieuse et déjà dans le rang. Tu vaux mieux que ça, Cléo, mieux que cette vie douillette à l'ombre d'un vieil homme!!

Marcel

Lettre 53

De Cléomèna à Marcel

Tu es un imbécile, Marcel, ou un provocateur un peu minable, un petit crétin capricieux. Assez imbu de toi-même en tous les cas pour supposer que ta lettre me ramènerait dans le « droit » chemin.

Tu oses être jaloux, me demander des comptes sur les hommes que je fréquente alors que tu peux remplir des pages entières et parler pendant des heures des vertus de l'infidélité. Tu es malhonnête et ce n'est pas ça le pire... Tu fais comme font toujours les hommes, tu donnes des leçons, tu penses à ma place, tu crois que tu peux me dire qui je dois fréquenter et comment me comporter, tu imagines quels sont mes rêves et mes aspirations secrètes. Tu veux ceci et cela, tu prodigues tes conseils. En fait, tu es vieux avant l'âge, Marcel, paternaliste et réactionnaire, égocentrique et manipulateur. Je n'en finis pas d'être dégoûtée par ce que je découvre... Je ne veux plus te voir, plus t'entendre, je t'interdis de m'écrire et de me parler.

Tu es déçu?? C'est bien ça que tu penses?

Va au diable, Marcel Blanzy!

Je suis libre.

Cléo

De Cléomèna à elle-même

Je viens de faire ce que je ne voulais pas, ce que je refusais de toutes mes forces et que, de toutes mes forces, je souhaitais secrètement. J'ai honte d'être si faible, j'ai peur, et si je suis heureuse aussi, c'est avec fureur et comme une femme vaincue... J'ai tout fait pour éviter d'en arriver là. Je l'ai fui, je l'ai ignoré, je me suis moquée de lui, je l'ai même insulté. Peine perdue. Plus je luttais contre et plus j'étais prisonnière. C'était là, entre nous, dès le premier instant, irrésistible.

Nous nous sommes embrassés ! Je n'aurais pas dû, je sais que je n'aurais pas dû, je regrette mais je ne peux rien contre ; j'ai envie au contraire de monter sur les toits de Paris et de le crier au monde entier. Depuis, j'ai toujours les yeux fermés, je continue de sentir ses lèvres se poser sur les miennes, douces si douces.
Et si je devais vivre mille ans, mon corps n'oublierait pas.

Je lui ai dit que je ne voulais pas, que notre histoire était absolument impossible. Je l'ai supplié de me laisser, d'aller en séduire d'autres. Je suis partie en courant.

Je ne saurais dire ce qui me plaît tant chez lui.

Hormis le fait qu'il soit très grand, il est très ordinaire. Il n'a pas de belles mains. Ses poignets sont épais. Il est aussi poilu, un peu trop à mon goût, surtout qu'il laisse ses chemises entrouvertes sur son torse.

Sans doute qu'il a du mal à trouver des vêtements à sa taille, ses pantalons sont un peu justes, ce qui fait qu'on lui voit ses chaussettes qui tombent en accordéon sur ses chevilles.

Quand il prend la parole en public, ses bras battent l'air avec force et tout son corps chaloupe à contretemps comme une embarcation trop frêle, ballottée par un courant dangereux. Et puis soudain, une pensée, un visage, une simple sensation le saisit et c'est comme si son être tout entier était traversé par le plaisir de vivre.

Il goûte avec bonheur aussi bien l'air froid du matin, la saveur d'une poire, les paroles d'une chanson, un écrit de Deleuze, l'odeur du pain frais, que le corps des femmes. Sa gourmandise m'attire.
Cette gourmandise est ce qui rend notre histoire impossible. Parce que je le veux pour la vie et que je le veux rien qu'à moi ! Mais c'est comme si je lui demandais de devenir quelqu'un d'autre.

Il n'aurait pas plu à papa.

À cause de ses manières un peu distantes, un peu artistes et dilettantes. Il n'a rien d'un guerrier et, s'il mène des combats, c'est presque par défaut, à cause de sa nature qui le porte à la sensualité. Je voudrais le haïr et chaque mot que j'en dis le transforme pour en faire un grand homme.

Il est très paresseux, peut-être même un peu lâche, il est inconséquent à refuser d'envisager l'avenir et l'apprentissage d'un métier. Ce n'est pas un homme comme lui que j'imagine à mes côtés pour traverser l'existence et c'est pourtant de lui dont je rêve toutes les nuits.

Berthin est un homme formidable, mais avec lui je m'ennuie. Il ne provoque en moi aucun désir. Aucune envie. Il sait juste comment me flatter.

Depuis que je suis ici, en France, je ne sais plus qui je suis.

Je suis heureuse à Paris. Même si je ne suis jamais sûre de vivre vraiment ma propre vie. Ce qui me rend assez désinvolte avec cette fille qui est censée être moi. C'est exactement ça. J'ai l'impression de vivre une vie imaginaire. Tandis que l'autre, celle que j'ai laissée, m'attend patiemment de l'autre côté de la Méditerranée.

Il a quand même murmuré qu'il était amoureux, qu'il n'avait jamais éprouvé quelque chose d'aussi fort.
J'ai ri.
Oui, j'ai ri, je me suis moquée de lui. « Je ne te crois pas... » Et je me suis enfuie. Je ne veux pas y croire, il est amoureux de chaque femme qu'il a prise dans ses bras, il me l'a dit lui-même, moi aussi, je suis amoureuse, follement et c'est bien ça le problème. J'ai fini par céder parce qu'il est resté du matin jusqu'au soir devant ma porte, même quand il a gelé, même quand il a neigé, il voulait me parler, s'expliquer, s'excuser après sa dernière lettre. Et ce soir, quand je suis rentrée, il était devant ma porte, il s'était endormi. J'ai dû le réveiller pour pouvoir entrer dans ma chambre...

Il m'a émue.
Mais je n'irai pas plus loin.
Il ne faut pas. Je ne veux pas. Je ne peux pas.

Lettre 54

De Ilse à Suzanne

Paris,
17 décembre 1967

Ma petite fille chérie, *mein Schatz,*

Voilà plusieurs semaines maintenant que tu claques les portes après m'avoir reproché tout et rien, que tu hurles n'importe quoi et de préférence des choses abominables. Quand j'essaie de te parler, tu lèves les yeux au ciel. Quand je me tiens à distance, tu me jettes des regards accusateurs. Je ne sais plus comment faire avec toi, Suzanne. J'ai cherché à retrouver un peu de notre complicité d'avant mais je vois bien que ta colère est trop grande et qu'elle prend toute la place. C'est vrai que nous avons vécu une épreuve durant l'année qui vient de s'écouler mais il faut considérer qu'elle est maintenant derrière nous. Il nous faut avancer, ma chérie, regarder vers l'avenir, cela ne sert à rien de nous poser trop de questions, ça n'amène que du malheur.

Je voudrais tellement que tu retrouves la confiance que tu avais en moi. Nous en avons autant besoin l'une que l'autre. Il me semble qu'il suffirait de rien pour que tout redevienne comme avant. Tu ressembles tellement à cette petite fille qui courait se blottir contre moi pour chercher du réconfort. J'ai envie, j'ai besoin de te prendre dans mes bras, et je veux que tu saches que je serai toujours là pour te protéger. Tu es d'une nature anxieuse mais j'ai toujours su apaiser tes inquiétudes. Alors, je te supplie de continuer à m'accorder ta confiance. Parle-moi, dis-moi ce qui te trouble, ce qui t'angoisse, confie-moi ce qui te fait si peur. Ensemble, nous saurons trouver une solution, comme nous avons toujours su le faire.

Tu es en train de devenir une drôle de petite bonne femme, ma Suzanne, tu sais. À la fois intrépide et joyeuse, et brusquement fragile et doutant de tout, et d'abord de toi-même. Moi, je sais, à te regarder grandir, que c'est aussi ta force, cette sensibilité singulière et ce regard étonné que tu poses sur le monde et sur les autres.

Même si je crois que tu t'égares à te passionner soudain pour la photographie. On ne connaît pas de femmes qui aient réussi dans cette voie. Si c'est l'image qui t'intéresse, tu pourrais entrer aux Beaux-Arts. On m'a dit que les cours pour peindre des aquarelles sont les meilleurs d'Europe.

Que dirais-tu d'une virée dans Paris toutes les deux comme autrefois pour préparer Noël ?

Ta mère qui t'aime

Lettre 55

De Suzanne à sa mère

Non, maman, je n'irai pas faire les courses de Noël avec toi, je n'irai pas non plus à Bazolles chez grand-mère cette année et, surtout, je ne me jetterai plus jamais dans tes bras pour demander à être consolée.

En revanche, tu as raison, je suis très en colère. Et cette colère me sert pour le moment à faire barrage à cette soi-disant compréhension intime que tu aurais de moi, de ce qui me préoccupe, de ce dont j'aurais besoin, un obstacle à tes inquiétudes et au souci que tu te fais de mon avenir.

Tu ferais mieux de t'occuper de toi, de ton mari et de Léon.

Parce que je crois que je préfère encore mes angoisses à tes réponses toutes faites, à cette injonction sournoise à ne pas quitter ton giron, à rester à ma place dans cette famille et rien d'autre, à penser à notre nom et ce qu'il m'impose de savoir-vivre. À être celle que tu as imaginé que je devais être. Et c'est tout.

Dans ta lettre, je ne trouve pas un mot sur ce que tu as traversé cette année (que tu as traversé toi et pas « nous » comme tu l'écris), ton désir d'avorter contre l'avis de papa, rien non plus sur cette grossesse que tu as vécue comme un véritable cauchemar et qui s'est achevée par une grave dépression. Je veux bien te croire quand tu me dis que tout cela est derrière toi et que tu as décidé d'aller de l'avant. Je te le souhaite du plus profond de moi-même. Mais je ne crois pas que ce soit possible de cette manière-là, je veux dire, *comme si de rien n'était*. En vérité, tu me fais peur, à sauver ainsi et aussi promptement les apparences d'une vie heureuse et sans histoires comme si tout était aussi simple que de fermer une porte à ce qui nous encombre, aux questions qui restent en suspens et aux raisons profondes qui ont provoqué ce séisme. Parce que c'était bien un séisme, n'est-ce pas ?

Tu veux aller de l'avant, les yeux fermés sur l'eczéma qui dévore Léon depuis sa naissance, sur la double vie de papa… Tu refuses de répondre aux questions sur tes parents et tu préfères rayer Magda de ta vie plutôt que de parler ?

Pourquoi tant de silences, maman ? À quoi te servent-ils ?

Tu sais, je crois que je n'ai pas choisi la photo par hasard. À mesure que tu t'évertues à effacer toute trace de ce qui te dérange, à mesure que tu réécris l'histoire de ta vie pour la rendre conforme à l'image que tu te fais de toi-même et de ce que les autres doivent être, pour continuer sans doute à te trouver admirable, moi, je saisis des morceaux de réel comme des éclats de verre, tranchants, brillants, morcelés. De tout petits morceaux de vérité.

Je n'ai aucune envie de faire de l'aquarelle, de diluer quoi que ce soit, les couleurs et le reste, pour paraître acceptable.

Suzanne

Lettre 56

De Magda à Suzanne

Berlin,
27 décembre 1967

Ma Suzanne,

Tes lettres me manquent. Toi aussi, bien sûr. Mais j'ai peur parfois d'être en train de te perdre. Je ne suis pas la seule. Fanchette m'a envoyé ses vœux. Elle me dit qu'elle trouve que tu es trop souvent seule. Et elle me dit aussi que l'ambiance chez vous n'est pas très joyeuse. Et elle m'a tricoté des mitaines. Je les porte tous les jours. Je pense à toi tout le temps, Suzanne.

À Berlin, on a fait une espèce de trêve. Il faut dire que c'est notre premier Noël ensemble. Papa a acheté quatre sapins de Noël, un pour chacun de nous. Et pour qu'il y en ait dans chaque pièce. Ils sont immenses, tous un peu bancals sauf celui de Lotte, le plus beau, qu'on a mis dans le salon. On n'a pas arrêté de les couvrir de décorations qu'on trouve à droite à gauche ou qu'on a fabriquées nous-mêmes. Maman a fait des petits sablés tous les soirs et elle a déposé chaque jour des paquets enrubannés dans toutes les pièces.

Être ensemble. Sous le même toit. Envers et contre tout.

Johann n'arrête pas de me dire que j'ai une famille formidable. Je n'arrive pas à comprendre son enthousiasme. Lui aussi il a grandi à l'Est. Il s'est enfui en 62 en traversant la Spree à la nage parce qu'il voulait faire de la philosophie. Exactement comme Lotte qui aurait son âge aujourd'hui. C'est peut-être ce qui les rapproche.

Pourquoi as-tu cessé de m'écrire ? J'espère vraiment que tu n'es plus en colère.

Réponds-moi,

Magda

ÉPOQUE 4

1968

Lettre 57

De Jacques Fontaine à Cléomèna

Athènes,
5 janvier 1968

Très chère Cléomèna,

J'ai aujourd'hui la douloureuse mission de vous informer de la mort de votre frère Mitso qui se trouvait interné dans le camp de Chio. Il est vraisemblablement mort d'épuisement. On a trouvé sur lui un mot pour vous, que je vous ai glissé dans une enveloppe cachetée.

Je me suis occupé discrètement de ses obsèques. Il repose auprès de son père au cimetière de Plomári. Je souhaite qu'ils soient enfin en paix.

Les lettres que vous me faites parvenir pour votre mère sont gardées précieusement dans mon bureau personnel. Je n'ai toujours rien la concernant. Mais cela viendra bientôt, j'en suis certain.

Je prends de vos nouvelles régulièrement auprès des amis auxquels je vous ai confiée. Je sais donc que vous allez bien et que les professeurs sont époustouflés par votre intelligence et par votre culture. Je suis fier de vous, jeune fille, sachez-le, et n'oubliez pas que vous avez les moyens de faire de longues études et d'exercer le métier que vous choisirez d'exercer.

Je serai toujours à vos côtés.

Je pense à vous souvent. Tenez bon. Vous allez y arriver. Votre réussite fait aussi partie de mes nombreux espoirs pour l'avenir de votre beau pays.

Jacques Fontaine

Lettre 58

De Mitso à Cléomèna

Chio,
4 octobre 67

Ma chère Cléomèna,

Je t'écris de Chio par une nuit sans lune pourtant étrangement claire et calme si bien que j'aperçois de ce creux dans la roche où je me suis blotti la pointe de Lesbos, l'île qui nous a vus grandir. C'est la même masse sombre, immuable, et comme enracinée dans l'eau que nous regardions autrefois du bout de la jetée et qui s'appelait Chio. Comme si j'étais tout simplement passé de l'autre côté d'une frontière invisible. À chaque fois que j'ai eu peur ces derniers mois, il m'a suffi de regarder en arrière. Notre île était là, parfois elle brillait comme dans les rêves, sous un soleil de plomb. Et tu n'étais jamais loin.

Cette nuit, je vais m'enfuir. Nous sommes quatre et tout est prêt. Un radeau nous attend en bas de la falaise dans une petite crique invisible. Nous l'avons patiemment construit en ramassant à droite à gauche des bouts de bois que nous avons assemblés en cachette. J'ai tellement hâte d'être loin de ce foutu cauchemar !

On est confiants. On compte passer par Melinda où on trouvera à se cacher derrière Megalochori. J'imagine qu'après, nous reprendrons le combat. La résistance a dû s'organiser. Les colonels ne resteront pas longtemps au pouvoir, j'en ai la certitude. On est bien plus forts qu'eux. On l'a toujours été. Comme disait papa, il y a une justice. Les minables et les bourreaux finissent toujours par crever comme des chiens. C'est si bon de l'écrire, je sais que je te fais sourire et ça me fait du bien.

J'ai eu des nouvelles de maman par d'autres prisonniers. Elle serait à Yaros. On m'a dit qu'elle va bien.

Nous trinquerons cet été à la taverne de Maria. J'y suis déjà. Tous les trois assis à cette table sous l'olivier que la patronne nous réservait toujours. Quelques sardines grillées, un ouzo bien frais, et puis nous irons nous baigner parce qu'il fera trop chaud et que l'eau est toujours claire et fraîche près de la taverne de Maria. Je parie qu'on arrivera cette fois-là à convaincre maman de venir se rafraîchir avec nous.

L'heure approche, je vais devoir y aller. Je suis heureux, léger, je vais partir.

Demain, je serai libre.

Je rêve déjà de te serrer dans mes bras.

Ma chère sœur, reste vivante surtout, où que tu sois quand tu liras ces mots.

Et jure-moi de continuer à résister à tous les crétins dans mon genre qui essaieraient d'empiéter sur ta liberté de quelque manière que ce soit !

Mitso

Lettre 59

De Marcel à Cléomèna

Paris,
28 janvier 1968

Cléomèna,

J'aurais tant voulu pouvoir alléger ta peine.

J'imaginais... j'imaginais rien... tout... te serrer dans mes bras. Porter sur mes épaules un peu de ton chagrin. Te montrer à quel point ce qui t'arrive m'arrive à moi aussi.

Même si je ne connaissais pas ton frère, même si je ne suis pas un réfugié politique et que je n'ai pas vécu cette persécution sinistre, je voulais te le dire de vive voix, mais comme tu ne veux plus me parler, je te l'écris, je suis blessé aussi, j'ai envie de hurler contre ces monstres qui détruisent et détruisent encore, ivres d'eux-mêmes et du pouvoir qu'ils exercent.

Je les hais, Cléomèna, à cause du mal qu'ils t'ont fait, à cause de toutes ces vies qu'ils abîment et de ces morts qu'ils offensent.

Si tu as besoin de quoi que ce soit, je suis là.

Marcel

INAUGURATION DE LA PISCINE À LA FACULTÉ DE NANTERRE

Daniel Cohn-Bendit, étudiant en sociologie, s'approche du ministre pour lui demander du feu.

– Monsieur le ministre, j'ai lu votre livre blanc sur la jeunesse. En trois cents pages, il n'y a pas un seul mot sur les problèmes sexuels des jeunes.

Le ministre :

– Je suis là pour favoriser le sport, les adolescents devraient s'y adonner davantage.

Cohn-Bendit insiste :

– Pourquoi ne parle-t-on jamais de sexualité ?

Le ministre :

– Avec la tête que vous avez, vous avez sûrement des problèmes de cet ordre. Je ne saurais trop vous conseiller de plonger dans la piscine.

Cohn-Bendit :

– Voilà une réponse digne des Jeunesses hitlériennes !

Janvier 1968

Lettre 60

De Magda à Suzanne

Berlin,
22 janvier 1968

Suzanne,

J'ai trouvé le moyen de te faire venir à Berlin ! Je suis surexcitée ! C'est génial ! Extra !

Que je t'explique…

L'université libre organise une rencontre pour fédérer la contestation qui s'étend partout en Europe. Il y aura des étudiants espagnols, italiens, hollandais, anglais, français… La jeunesse du monde entier est en train de se rassembler pour dénoncer la guerre au Viêt Nam. Johann m'a appris que l'Office culturel franco-allemand offre le voyage à quinze étudiants de lettres modernes !! Dès que tu auras reçu ce mot, file au bureau des étudiants pour réserver ta place.

Oh, ma Suzanne, j'aimerais tellement que tu puisses venir ! J'ai envie de te montrer ma ville, ma maison, mes quelques amis qui sont tous très très militants ! Il y a si longtemps maintenant que nous ne nous sommes vues.

Si jamais tu rencontres un problème pour t'inscrire, va demander au rouquin de Nanterre, il s'appelle Daniel. Il y sera, évidemment, c'est un grand ami de Rudi Dutschke, celui qui organise la manif à Berlin.

Dany t'aidera, j'en suis sûre.

À très vite,

Magda

Lettre 61

De Suzanne à Magda

Paris,
2 février 1968

JE VIENS !!!

Et avec toute la bande ! Marcel et Déborah, Boris et Monique, et je crois bien que j'ai aussi réussi à convaincre Cléomèna !

Quelle fête !

Tu avais raison, Dany le rouge est l'homme qu'il nous fallait ! Il s'est occupé de tout : organiser, mettre en contact et entraîner dans son sillage tous les sceptiques ! Je ne sais pas où il va puiser son énergie, il est partout, arpente la fac inlassablement de long en large, harangue des amphis entiers et se débrouille pour interrompre les cours, disparaît quelques jours pour rencontrer des jeunes en Allemagne, en Hollande, en

Italie et revient pour recommencer à agiter la fac de long en large, de la cave au grenier !

Beaucoup de gens le détestent. Je ne sais pas comment ils font. Je le trouve irrésistible. J'adore son insolence, son énergie et son obstination.

J'ai l'impression que votre Rudi est plus grave, plus sombre, et peut-être plus radical encore… On verra… J'ai tellement hâte d'y être, dans ton pays, avec toi ! Enfin !!!!

Ta Suzanne ultraenthousiaste !

PS : D'ailleurs, j'ai remarqué que plus je suis enthousiaste et plus ma mère déprime !! Elle a tout fait pour empêcher que je parte. Mes parents ne s'entendent jamais aussi bien que pour m'interdire de vivre ! Mais j'ai trouvé le moyen pour qu'ils me fichent la paix. Il suffit que je pose les questions qui les fâchent… C'est fou comme la parole ou la vérité leur fait peur… une vraie tare familiale… méfions-nous !

PPS : Il faut que je t'avoue quelque chose. Je n'ai rien d'une révolutionnaire, je déteste la foule et les rassemblements de plus de dix personnes… J'espère que tu ne m'en voudras pas trop… Ce qui compte plus que tout, c'est de pouvoir enfin enfin enfin te revoir et te serrer dans mes bras !!!

PPPS : Je ne t'écrivais plus, c'est vrai, j'ai eu besoin de temps. Maintenant, ça va mieux !

PPPPS : Si, je te jure !!!!!

Lettre 62

De Cléomèna à Stavroula

Paris,
Non datée, non postée

Presque trois mois que je ne t'ai écrit... je crois... je ne me souviens plus très bien... l'hiver a été long, nous avons eu beaucoup de neige... ~~Et toi?~~

...

Ici, les hivers sont différents des nôtres. Les Parisiens ne savent pas se taire, ils bavardent et font du bruit et laissent la lumière allumée tous les jours de l'année. Ils ignorent les saisons, ne connaissent rien à la profondeur du silence, à la nature en sommeil, au jour qui tarde à se lever, quand il nous faut baisser les yeux, et la tête, et garder les mains au fond de nos poches en attendant ~~des jours meilleurs~~.

...

~~maman, je n'y arrive pas, je ne peux plus continuer comme ça, à attendre de tes nouvelles, à t'écrire comme si tu allais me lire un jour.~~

…

Je reviens d'un week-end à la campagne dans la maison de mon professeur, M. Berthin, qui m'a aidée à récupérer les cours que je n'avais pas pu suivre. ~~Je suis restée plus de six semaines sans aller à la fac~~

…

~~Mitso est mort sans savoir que je lui avais pardonné. Sans savoir à quel point je l'aimais. À quel point il me manquait.~~

Lettre 63

De Cléomèna à Stavroula

Paris,
22 février 1968

Maman,

Plus de trois mois que je ne t'ai écrit… C'est vrai que les fêtes de fin d'année ont été difficiles. Mais j'imagine que c'était bien pire à Yaros. Vos gardiens vous ont-ils laissé un peu en paix ? Vous ont-ils mieux nourris ? Se sont-ils laissés aller à chanter avec vous l'espoir que suscite toujours une nouvelle année ? J'ai donc envie de faire des vœux moi aussi. Je t'embrasse et dans le creux de ton oreille, ma mère chérie, je te souhaite le meilleur.

Je reviens de Berlin ! En fait, je me suis retrouvée là-bas par hasard. Je ne me sens bien nulle part. Mais c'est à la fac que c'était le plus terrible. Je n'arrivais pas à écouter les cours et encore moins les discours enflammés de ceux qui viennent pour les interrompre.

Et puis, il y a eu cette banale histoire de piscine. Un ministre était là pour une inauguration et un des étudiants, le plus agité, a provoqué le ministre. C'était très drôle.

Mais quelqu'un dans un bureau a décidé d'expulser ce Daniel Cohn-Bendit qui est d'origine allemande. Ce même fonctionnaire (ou un autre tout aussi mesquin) a exigé une liste complète des agitateurs de Nanterre pour leur infliger des sanctions. Et pour obtenir cette liste, l'administration de la faculté a fait poster des flics en civil dans le hall pour recueillir les preuves dont elle avait besoin !

Mais nous avons décidé de riposter. Nous avons pris ces indics en photo. Et nous avons brandi ces images dès l'entrée de la fac ! Évidemment, ça n'a pas plu…

Tu vois, maman, ce sentiment de faire face à des petits crétins imbus d'eux-mêmes, des rétrécis, des riens-du-tout contents de leurs petits pouvoirs dans leurs petits bureaux, ces gens qui écrasent, et croient soumettre, et qui tuent tout ce qui est vivant parce qu'ils sont déjà morts sous leurs tas de paperasses, j'avais pour eux jusqu'à présent beaucoup de mépris et même un peu de pitié.

Mais depuis ce moment-là, je ressens pour eux une haine violente. Oui, c'est exactement ça, je les hais.

Le problème, c'est qu'il y en a beaucoup. À Berlin, j'ai rencontré les mêmes.

Qui s'évertuent sans relâche à abîmer la vie dans ce qu'elle a de plus joyeux et de plus inventif…

C'est là-bas, à Berlin, que j'ai pris la décision de me battre. Même si je n'en ai pas envie, même si la violence me dégoûte, j'ai brusquement compris que je n'avais pas le choix.

Ta fille qui continue de t'aimer,

Cléomèna

Lettre 64

De Marcel à Cléomèna

Paris,
4 mars 1968

Me revoilà en train de t'écrire, Cléo, c'est un peu ridicule, je me sens bête à me comporter comme une mère inquiète devant les extravagances de sa fille !

Mais nom de Dieu, qu'est-ce qu'il te prend ??

Je pensais qu'avec le temps, tu t'apaiserais un peu ! Mais depuis notre retour de Berlin, c'est pire que tout ! Tu maigris à vue d'œil et tu as mauvaise mine, mais ce ne sont pas tes cernes noirs ou tes traits creusés par le manque de sommeil qui me font t'écrire. C'est cette fièvre noire qui brille dans ton regard, cette fébrilité à te jeter dans la foule, le poing levé et le plus près possible des CRS, casqués, armés et qui sont trop contents de charger contre une proie aussi puérile et inoffensive que toi. À chaque fois, tu te prends des coups. Et à chaque fois, tu recommences… Je ne sais pas ce que tu cherches ! Mais ce que tu fais n'a absolument rien d'héroïque. Bien au contraire, je trouve que tu es lâche ! Tant pis si ces mots te blessent.

Si tu veux mourir, jette-toi par la fenêtre, ce sera plus efficace.

Si tu veux te venger, prends les armes et tue-les !

Mais si tu veux changer le monde, alors il va falloir accepter de vivre *avec* nous tous et rendre possibles les rêves que nous faisons pour *demain*.

Ton envie de détruire ne sert à rien ni à personne, Cléo. Tu n'as tout simplement pas le droit de sombrer dans ce désespoir absurde. En tous les cas, moi, je ne te laisserai pas faire.

Nous avons tous rendez-vous ce soir devant la Cinémathèque pour décider de nos actions à venir. Tant que Malraux n'aura pas reculé, il faut tenir bon. Je viens te chercher vers 17 heures, en bas de chez toi. J'aurai pris un casque.

Marcel

Lettre 65

De Suzanne à sa mère

Paris, 1968

Maman !

Depuis que je suis de retour de Berlin, tu ne m'as posé aucune question, d'ailleurs c'est à peine si tu m'as adressé la parole. Je suppose que c'est ta manière à toi de me signifier ton désaccord.

C'est vrai, j'ai revu Magda. Ainsi que ton frère Karl et Sybille ton amie d'enfance. Je les ai revus parce que je les aime et qu'ils comptent beaucoup pour moi ! De quoi leur en veux-tu au juste ? Ni ton mépris, ni tes silences n'y pourront rien changer ! Mais comment se fait-il que tu puisses tout simplement les effacer de ta vie ? Comment peux-tu être si rancunière alors qu'ils sortent à peine de ces années difficiles ? À dire vrai, je n'arrive à te trouver aucune circonstance atténuante. Aucune. J'ai juste honte de ton comportement.

Parce qu'il ne peut y avoir qu'une seule cause à ton air renfrogné, c'est le souci que tu as de ton propre confort. Mais tu sais quoi, maman, tu vas finir toute moche et toute seule à force de t'obstiner à faire semblant !

Je t'en prie, maman, appelle Magda !! Elle souffre de ton silence.

Suzanne

PS : Et si tu veux, nous pourrons les faire, ces courses que nous n'avons pas pris le temps de faire cet hiver. Je te jure que ça me ferait très plaisir.

Journal de Suzanne

Déborah m'a emmenée au hammam à Paris. Celui qui se trouve dans la mosquée blanche à côté du jardin des Plantes. Je l'ai accompagnée parce qu'elle insistait. Je m'attendais si peu à ce qui m'est arrivé là-bas...

C'est un endroit hors du temps! Entièrement consacré aux femmes, aux corps et au plaisir d'être ensemble, juste entre nous. D'abord, on traverse une grande salle : au milieu une fontaine, des arcades, une mezzanine. Et, tout autour, des femmes allongées les unes à côté des autres, entièrement nues, qui viennent là une fois qu'elles ont été lavées et massées. Ça sent le thé à la menthe, l'huile à la lavande, et des parfums musqués. Il y a le bruit discret de l'eau qui coule, le murmure continu des voix dont surgit parfois un éclat de rire...

Moi, j'ai traversé la pièce les yeux rivés au sol, gênée. Comme si j'étais pudique à leur place. J'ai eu envie de repartir et je suis restée.

Dans le vestiaire, j'ai fait comme Déborah, je me suis dénudée, tout en évitant soigneusement de croiser son regard.

Et puis, on est entrées dans les salles chaudes. Un tourbillon de femmes nues qui virevoltaient d'une pièce à l'autre, certaines munies de petits seaux bleus, d'autres qui se douchaient, ondulant sous l'eau froide, les yeux fermés, d'autres encore disséminées çà et là, seules ou pas, allongées nonchalamment, accroupies ou debout, assises en tailleur, parfois même à genoux, presque à quatre pattes pour remplir leur seau d'eau aux robinets placés au ras du sol. Je me suis sentie à ma place comme jamais cela ne m'était arrivé dans ma vie. Il y avait là un drôle de mélange, à la fois du bruit, des rires, des cris, des conversations soutenues, et une quiétude profonde, quelque chose d'un lien avec le silence ou la pesanteur des corps.

Elles promenaient toutes leur nudité avec une simplicité déroutante.

Elles étaient belles, appétissantes et belles. Il y en a une surtout qui m'a beaucoup impressionnée et qui revient dans mes rêves comme une géante bienveillante. Elle était énorme. Grasse et lourde, avec un ventre qui n'en finissait pas de faire des plis, des bosses et des creux, elle avait de très gros seins qu'elle soulevait parfois pour se soulager de leur poids, les tétons aussi noirs que les bourgeons d'un arbre, et que les cernes creusés qu'elle avait sous les yeux. Elle écartait les cuisses et lavait son sexe avec la main. J'en aurais pleuré. Peut-être à cause de cette tranquillité qu'elle avait d'être tout simplement elle-même.

Je suis sortie du hammam la tête pleine d'images incroyables. Mon corps lavé, massé, avait pris de l'épaisseur. Je me suis sentie heureuse, coquette, conquérante.
Mes seins rebondissaient et roulaient au rythme de mes pas.

Voilà. C'est tout bête.

Et puis, cette nuit, j'ai fait ce rêve étrange.
Je suis encore au lycée, chez les soeurs de Sainte-Clotilde.

Assise au milieu de la classe, coupable de je ne sais quoi, des devoirs sans doute que j'ai oublié de faire et qu'on va me réclamer, je suis un peu inquiète...

Mais je reste là, les yeux ouverts et, tandis que je les regarde travailler, je glisse ma main entre mes cuisses.

Et je jouis.

Pour la première fois de ma vie.

C'est ce plaisir-là qui m'a réveillée.

J'ai du mal à y croire, mais c'est comme ça que ça m'est arrivé. En rêvant! C'est tellement inattendu.

Je suis si fière.

Il me semble que je suis enfin libre. Et que je suis une femme.

Lettre 66

De Cléomèna à Marcel

Paris,
31 mars 1968

C'est vrai, Marcel, que je t'aime bien.

C'est vrai aussi que ta sollicitude obstinée dans ce moment de ma vie m'est extrêmement précieuse. Je me suis sentie protégée, entourée, et choyée ; même tes colères m'ont fait du bien. Tu m'as souvent donné la force de me lever et de tenir debout ; grâce à toi, la douleur est moins vive.

J'aurais tant aimé que cela soit possible entre nous. Notre baiser sur le pas de ma porte cet hiver est l'un des plus beaux souvenirs de ma vie entière.

Soudain, c'était là, entre nous, avec une telle évidence, ce bonheur, qu'il suffisait d'accepter, de vivre…

Je veux te convaincre de m'oublier. Laisse-moi avec mes morts.

J'ai une dette à payer. Et je n'aurai pas assez d'une vie entière pour le faire.

Mes parents nous ont élevés, Mitso et moi, en distribuant les rôles. Moi, je devais faire des études. Mon père voulait que des gens comme nous défendent la cause du peuple. C'était mon devoir, ma mission. Pour mon frère, papa avait choisi la lutte politique, l'engagement armé et l'affrontement physique. D'abord parce que moi, je ne suis qu'une fille et parce que j'ai toujours détesté la violence.

Mais maintenant, les choses ont changé. Mon père et mon frère sont morts. Ma mère a été déportée sur une île. Peut-être. Mais peut-être qu'elle est morte elle aussi. Alors tant pis pour les souvenirs et tant pis pour la peur. Tant pis pour les livres dans les bibliothèques, et pour un avenir bien au chaud dans la plus belle ville du monde. C'est à moi de reprendre le flambeau. Puisque l'occasion m'en est donnée ici, c'est ici que je vais commencer. Je dois me consacrer entièrement à ce combat, me vouer tout entière à la lutte.

Un jour prochain, je le ferai en Grèce. Je n'ai pas d'autre choix. Je n'ai rien d'autre à vivre.

Accepter de t'aimer, de vivre cet amour, ce serait comme salir la mémoire de mon frère, le tuer une deuxième fois. Je n'ai pas le droit, je me dois de poursuivre le combat, de le porter plus loin, de toutes mes forces, de faire en sorte qu'il y ait une vraie démocratie ici, là-bas, aujourd'hui et demain. C'est mon histoire, celle qu'on m'a léguée, je ne peux me renier moi-même. C'est impossible.

Pour le moment, je ne sais rien faire d'autre que me jeter dans la foule, à la tête de mon ennemi. À mains nues. À force de prendre des coups, je me dis que je vais apprendre, m'endurcir, m'habituer.

De toute façon, ils ne peuvent rien contre moi. Je n'ai plus rien à perdre.

Je me sens tellement différente des gens autour de moi, je le sens même dans ma façon de marcher.

Mon père est revenu fou de Makronissos. Nous avons vécu loin et seuls parce qu'il hurlait la nuit et qu'il pouvait s'effondrer en pleine journée en demandant de l'aide. Ou se mettre à courir nu en pleine montagne comme si une armée d'assaillants était à ses trousses. Il fallait faire comme si c'était normal, il fallait l'aimer même quand il nous prenait pour des autres et qu'il cherchait à nous faire du mal. Nous l'avons fait, Mitso, maman et moi, nous l'avons accompagné jusqu'au bout.

Dans ses moments de lucidité, il redevenait un instituteur exigeant, impitoyable. Il nous demandait à Mitso et à moi une concentration totale de l'aube jusqu'au soir. Il courait après le temps. Plus il sentait le moment où il serait à nouveau obligé de « s'absenter », plus il devenait dur. On serrait les dents. Jamais on n'a montré notre fatigue. J'enviais notre chienne Toula qui, affalée à l'ombre, se bornait à balancer sa queue pour se débarrasser des mouches, sans conscience, sans besoin, sans effort à fournir. Elle, elle avait juste besoin de l'aimer. Et il avait pour sa chienne une tendresse et une confiance qu'il n'a jamais eues pour aucun de nous trois.

Longtemps je me suis sentie comme sur un radeau au milieu d'un monde que je ne connaissais pas, chargée d'une mission dont l'essentiel m'échappait. Aujourd'hui, je sais.

J'en veux à ceux qui ont tué mon père cent fois sans le tuer vraiment. Je le vois encore en train de regarder sa main à laquelle il manquait deux doigts. À chaque fois, même la nature se faisait silencieuse, comme glacée d'effroi.

Je m'arrête. Je me suis laissée aller à te raconter un peu de mon histoire. Elle est triste et elle était écrite avant même ma naissance. Je voulais que tu comprennes d'où je viens, qui je suis, pourquoi c'est impossible.

Laisse-moi tranquille, Marcel, va donner à d'autres ta joie et ta mélancolie, ta sensibilité et ta droiture. Tu es un homme solide. Ne te perds pas en route. Je crois que Déborah est une femme incroyable, déterminée, et surtout follement amoureuse de toi. Prends soin d'elle et essaie de la rendre heureuse.

Je t'embrasse tendrement,

Cléo

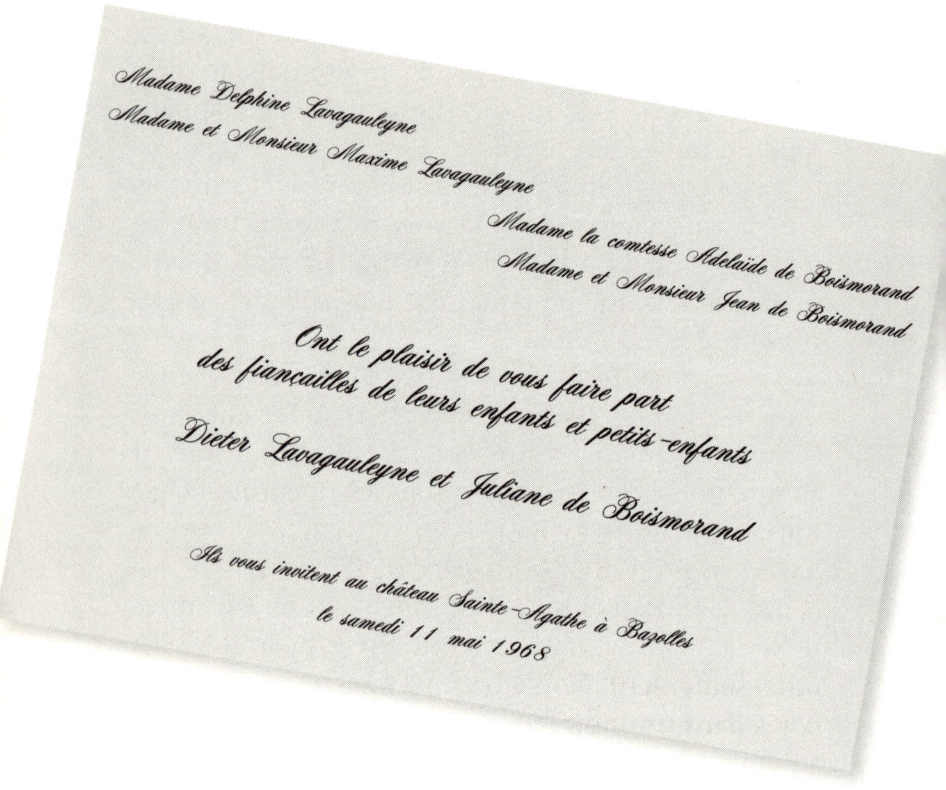

Madame Delphine Lavagauleyne
Madame et Monsieur Maxime Lavagauleyne

Madame la comtesse Adélaïde de Boismorand
Madame et Monsieur Jean de Boismorand

Ont le plaisir de vous faire part
des fiançailles de leurs enfants et petits-enfants
Dieter Lavagauleyne et Juliane de Boismorand

Ils vous invitent au château Sainte-Agathe à Bazolles
le samedi 11 mai 1968

Lettre 67

De Sybille à Ilse

Berlin,
5 mars 1968

Je viens de recevoir le faire-part !! Quelle heureuse surprise pour moi, pour nous... Nous serons parmi vous en mai, évidemment. La simple idée de ces retrouvailles m'émeut terriblement. Crois-tu que le plus dur soit enfin derrière nous ? Il y a quelques mois seulement, je n'aurais pu imaginer être à tes côtés dans un moment pareil, et non seulement j'y serai mais nous y serons tous ensemble, et malgré les conflits, malgré la colère et les silences, malgré toutes les rivalités, nous avons tenu bon, ma douce et tendre amie, nous serons une famille, le 11 mai prochain, et j'en suis tellement fière !

Il y avait tant de choses dans ce petit bout de papier que je ne savais pas ! J'ai compris que Maxime avait adopté Dieter puisqu'il porte son nom et j'imagine à quel point tu dois en être soulagée. Depuis le début, tu avais si peur de le voir exclu de sa propre famille... Et sans doute cela apaise-t-il l'ignorance dans laquelle vous avez toujours été du sort de son père après la guerre. Finalement, la naissance de Léon a été décisive. Et ce mariage doit aussi nous faire oublier le hasard qui a voulu que nos enfants soient si proches. Merci, Ilse, d'avoir pardonné à Magda. Ce n'étaient sans doute que des jeux d'enfants. Il est toujours préférable d'oublier.

Si Magda lisait ma dernière phrase, elle serait folle de rage. Je ne sais pas si Suzanne t'a raconté que ma fille avait commencé une psychanalyse !! Quelle horreur ! S'allonger pour tout dire à un inconnu, je trouve ce principe complètement idiot, totalement indécent et même assez dangereux ! Mais j'ai cru comprendre que ce que je pouvais en penser n'intéressait pas ma grande fille qui arrive tous les matins ou presque avec des questions auxquelles malgré tout je m'efforce de répondre.

Hier, elle a fini par faire ce que je redoutais le plus, elle a demandé à ce que je lui parle de sa sœur. Je n'ai pas pu. Mais je lui ai juré que j'essaierais de lui écrire. Et je vais le faire. Je vois bien que c'est nécessaire.

Tu dois savoir que j'ai vu Suzanne à Berlin. Quelques heures seulement entre deux manifs, mais quel bonheur ! Elle a tellement changé. C'est pas seulement qu'elle a grandi... C'est un je-ne-sais-quoi qui reste sur la réserve. Prudente et observatrice. Elle m'a regardée avec une telle intensité qu'elle a fini par me faire baisser les yeux. Et puis, elle n'arrête pas de prendre des photos, de tout et tout le temps. Je me souviens que c'était une enfant curieuse. J'ai eu l'intuition qu'elle était sur le point de prendre une décision importante. Même si elle n'en avait pas encore conscience.

Elle va vivre exactement la vie qu'elle aura envie de vivre. Et personne n'y pourra rien. Elle est farouche, ta fille, et déterminée. Karl n'est pas d'accord avec moi. Mais il est aussi psychologue qu'un chameau, tu ne trouves pas ?

En ce moment, je suis presque heureuse. Je n'ose pas le dire trop fort ou trop vite. Heidi t'a fait un joli dessin que je glisse dans cette enveloppe. Hans est décidé à devenir journaliste. Je trouve que c'est une mauvaise idée… Mais, comme pour Magda, je les laisse choisir… De l'autre côté du mur, ils n'auraient pas eu le choix.

Ici, quoi qu'ils en disent, tous ces jeunes, ils l'ont le choix, ils ont aussi la liberté de dire, de lire, de penser…

Appelle-moi pour me dire ce qu'il faut que j'offre à Dieter. Nous avons le téléphone et j'en ai assez de croire que nous sommes encore sur écoute !! Karl devra bien s'y faire… Nous ne sommes plus en danger ! Quel plaisir… Je l'écris encore une fois… Non, nous ne sommes plus en danger !

À très très bientôt et vivement le printemps !!

Sybille

PS : Il me faudra une ou deux robes ? Une courte et une longue ? Et deux paires de chaussures ?? Et un manteau léger sans doute... Il faut que je prévoie !

Lettre 68

De Suzanne à Magda

Paris,
le 2 avril 68

Ma chère Magda,

C'était si bien Berlin !! Si bien ! Sais-tu que nos mères se sont enfin reparlé et que vous êtes tous invités pour les fiançailles de Dieter ? Oui, tu dois le savoir. J'espère que tu viendras. Avec Johann, évidemment !

Maman est enfin plus sereine. Cela me soulage. Je ne sais pas si c'est le mot exact, mais je m'en fiche copieusement !!! Ouh là ! Oups ! Enfin et voilà tout !!

Je déteste copieusement ma future belle-sœur, qui est un modèle de conformisme catholique !!! Passionnée de tricot et de jardinage depuis la naissance, œuvrant pour son prochain avec un sourire radieux qui ne varie jamais, vierge évidemment et loin, si loin de la moindre question concernant son indépendance ou son désir personnel. Elle sera la femme de Dieter et cela lui suffira. Je n'arrive pas à y croire et cela agace maman quand je dis à quel point cette fille m'angoisse. Donc je ne dis plus rien !! Et je souris !!!

MAIS MOI JE NE SERAI PAS UNE FEMME AU FOYER.

NI UNE BONNE ÉPOUSE.

NI UNE FERVENTE CATHOLIQUE !!!

Cela dit, les préparatifs pour le mariage de Dieter représentent un certain avantage.

Je suis souvent à Bazolles…

Je m'y rends pour y faire tout autre chose que ce que me demandent ma mère et ma grand-mère. J'y retrouve Éric dont je ne t'ai encore jamais parlé… C'est avec lui que je l'ai fait la première fois au printemps dernier. Ça a été une vraie catastrophe… Mais quand nous nous sommes revus, bizarrement, il n'y a eu aucune gêne entre nous. On s'est souri et il m'a proposé un tour sur sa Mobylette, j'ai dit oui (tu connais mon amour inconditionnel pour les garçons qui roulent sur deux roues… !!). Il m'a embrassée, je l'ai laissé faire et il s'est excusé pour la manière dont ça s'était passé entre nous, il a dit que si c'était nul, c'était de sa faute… J'ai protesté, dit que c'était entièrement de ma faute à moi, que j'étais tellement coincée… Il m'a interdit de parler de moi en employant des mots de garçons frustrés. On a ri… contents de se retrouver, de parler de nous de cette façon-là, aussi simplement… C'était une telle libération, tu ne peux même pas imaginer à quel point !!! Partager notre embarras, sentir le désir réapparaître entre nous, tout ça s'est passé en même temps, on n'osait pas y croire, on a mis plusieurs jours à s'aborder à nouveau, timidement… Il me posait des questions, sur ce qui me plaisait ou me gênait tout en me caressant. Au début, j'ai haussé les épaules, je le trouvais un peu indécent… Et puis j'ai écouté ce que mon corps avait à dire, et je l'ai guidé…

Nous nous retrouvons dès que c'est possible, et à chaque fois avec la même gourmandise on parle de tout et de rien, jamais de nous, il se moque beaucoup de ma famille… Il me fait rire…

Hier, nous avons fait l'amour et c'était bien. On a décidé de recommencer le plus souvent possible… Je ne suis pas amoureuse, je ne veux pas m'engager, je pense juste au plaisir de me rouler dans l'herbe, toute nue, et de plonger dans l'eau froide du canal avant de courir me réchauffer dans ses bras. Et faire l'amour encore et encore, j'ai tant à apprendre de moi-même, j'aime son corps, ses poils et ses muscles, son poids sur moi, son odeur et son sexe… J'aime ça, avec lui, et j'ai hâte d'essayer avec d'autres… encore et encore… et tant pis pour le curé, pour mes parents, pour ma réputation, pour ce qu'en disent ceux qui ont renoncé à vivre avant même d'essayer…

J'aime l'amour, quel bonheur !

Je prends tous les jours cette pilule que j'ai achetée en Allemagne… Il paraît qu'elle va être commercialisée en France très bientôt ! Maman est d'accord pour m'emmener chez le médecin, puisque les filles mineures n'y ont pas droit sans autorisation parentale.

Quand je lui ai posé la question, elle a décroché immédiatement le téléphone. Sans me poser la moindre question.

Même si je sais qu'elle n'aime pas savoir que j'en ai besoin…

Nos mères sont tellement embrouillées avec elles-mêmes… je les trouve ennuyeuses, non, à force de prudence… J'ai toujours l'impression qu'elle préférerait que je sois quelqu'un d'autre, moins vivante, moins insolente, plus élégante, discrète et pondérée…

Je te laisse… Éric est au lavoir, il m'a fait signe de le rejoindre… J'y cours…

À très vite, ma douce !

Ton entreprenante Suzanne

Cours camarade! le vieux monde est derrière toi!

3 Mai 1968

la croix

DÉSIR D' « ÉMANCIPATION » OU BESOIN D'UNE NOUVELLE DIGNITÉ ?

Cette émancipation, telle qu'on la conçoit habituellement, ne correspond guère à ce que souhaitent les femmes. [...] Ce qu'elles désirent, c'est d'être pour les hommes des compagnes et des alliées plus efficaces dans un monde déshumanisé où l'harmonie est de plus en plus difficile à atteindre, où la fatigue aggrave les malentendus de toutes sortes. Ce que les femmes souhaitent, c'est nouer avec les hommes un dialogue plus riche…

par Pierrette MARTIN

FAITES L'AMOUR
PAS LA GUERRE!

Lettre 69

De Cléomèna à Stavroula

Paris,
Le 7 mai 1968

Maman…

Entends-tu les rumeurs qui grondent, vont et viennent et se transforment en cris, les entends-tu, maman, de ton île où tu es déportée, tous ces jeunes intrépides, excessifs, pleins de désirs violents, qui prennent la rue, bousculent l'ordre établi, réclament tout et n'importe quoi, surtout n'importe quoi, tohu-bohu, confusion, cataclysme, tout leur est bon. Faire la révolution, quelle aubaine, quel hasard, quelle explosion, si tu pouvais voir ça!! Nous voir batailler derrière nos barricades, dépaver les rues, arracher les panneaux, occuper les amphis, la rue, les cafés, et discuter à n'en plus finir jusqu'à s'écrouler dans nos lits… Un autre monde, on veut tout simplement vivre dans un autre monde, on veut rêver, penser, ouvrir les fenêtres, partager, échanger, rire et danser, il faut bien tout détruire pour tout recommencer, n'est-ce pas ?

Alors, maman, dis-moi, tu les entends, pas vrai ? Peut-être que dans l'inflexion des voix de tes geôliers, dans leurs murmures inquiets, peut-être perçois-tu que la terre au loin tremble, sous les pas de ces jeunes fous qui réclament une liberté absolue, cette liberté qu'on ne renoncera jamais à conquérir, jamais, d'où que viennent les tyrans. Maman, je suis avec eux, au milieu, je danse sur les barricades, et quand je crie à pleins poumons, je t'entends qui rit de ton rire rauque et franc, à gorge déployée, plus insolente et convaincue et plus indestructible qu'avant, tes geôliers n'y peuvent rien, tu ris si fort que les murs sont moins gris et le soleil plus doux.

J'ai lu les journaux tous les jours depuis jeudi dernier, dans l'espoir que ces nouvelles fassent la une et te parviennent plus vite, mais ils nous ont d'abord ignorés. C'est vrai qu'au début, ce n'était pas grand-chose... Ça a commencé bêtement, quand Grappin, le doyen de la faculté, a décidé de fermer Nanterre et puis la Sorbonne par crainte d'une bagarre entre les fascistes d'Occident et le mouvement des enragés de Nanterre. On tenait un meeting dans la cour de la Sorbonne, ça a duré plusieurs heures, ça traînait en longueur et, soudain, ce Dany le rouge qui m'a permis d'aller à Berlin – tu te souviens ? –, qui est à la tête de toutes les manifs ou presque en Europe, soudain, il s'est emparé du micro et, en quelques mots, il a tout simplement donné une forme à ce qui n'en avait pas.

C'est comme si j'avais vu, de mes yeux vu, la révolution naître devant moi.

Il a dit :

– De fait, ici, nous occupons la Sorbonne !

Il se tourne, tend le micro à quelqu'un d'autre. La police entre dans la cour et les émeutes commencent.

Depuis, les émeutes n'ont plus cessé dans le Quartier latin.

Et pour la première fois depuis le printemps dernier, je me suis dit que j'étais là où je devais être et ça m'a fait du bien. D'autant que nous ne sommes pas seuls devant la cruauté des attaques policières, il y a une foule qui nous est favorable. Les gens sont horrifiés par la violence avec laquelle la police et les CRS se ruent en plein jour et en public sur des jeunes qui sont seuls, à terre et désarmés, n'ayant que leurs bras pour se protéger des coups. Des passages à tabac sous les yeux des passants, des actes complètement gratuits, filmés et photographiés, dont ils ne se cachent pas, au contraire, ils se croient légitimes, on le sent, on sentirait presque aussi le plaisir qu'ils y prennent, d'être cinq ou six ou sept, d'être armés et de frapper ensemble sur un plus faible, sur un plus petit, sur un plus rien, une ombre ou même plus ! Les ordres qu'ils ont reçus sont clairs. Il leur faut faire la démonstration qu'ils ne sont pas du genre à se laisser emmerder par des mômes de vingt ans qui-n'ont-aucun-sens-des-responsabilités, des rêveurs, des parasites dangereux qui s'imaginent capables de menacer l'ordre social et que quelques coups suffiront à faire taire…

Quand je les vois, ces ombres sans visage vêtues de longues capes noires, avec leurs casques sur la tête et les poches lourdes de matraques et de grenades, quand ils s'alignent en se tenant par la main, si convaincus d'eux-mêmes, de leur droit, de leur force, à chaque fois j'ai l'impression que ce n'est pas réel, parce que ces flics, comme ils sont là devant moi, déguisés en quelqu'un d'autre, on dirait des méchants de contes de fées, des ogres pour de vrai. Leur violence est comme celle d'avant la civilisation et d'avant la culture, et même d'avant la pensée, ces gens sont comme des animaux, mus par l'instinct le plus bas.

Je me mets en face d'eux et je cherche leur regard, et je sais qu'ils ressemblent trait pour trait à ceux qui ont torturé mon papa, au nom de la loi, jusqu'à le rendre fou.

Hier, il y a eu 600 blessés et 400 arrestations.

Dany et ses copains sont passés devant le conseil de discipline de l'université. Ils s'y sont rendus en chantant : *Le monde va changer demain, nous ne sommes rien, soyons tout...*

Ils espéraient que nous n'allions pas les laisser seuls. Nous les avons suivis et nous sommes avec eux !

Je t'aime, maman, je t'aime, tu m'entends ?

Lettre 70

De Maxime à sa mère, Delphine Lavagauleyne

Paris,
le 15 mai 1968

Vous comprendrez, ma chère mère, au regard des événements qui secouent Paris et qui, loin de s'apaiser, semblent s'étendre et se répandre dans toute la société, qu'il n'est plus question d'organiser les fiançailles de Dieter dans ce climat aussi délétère que dangereux. Vous n'imaginez pas ce que nous vivons chaque jour et chaque nuit depuis une semaine… Nos deux voitures ont été retournées et brûlées, les rues en bas de chez nous totalement dépavées, une grenade lacrymogène a même atterri sur mon bureau, lancée par je ne sais qui, traversant la fenêtre et propageant aussitôt cette fumée âcre et asphyxiante qui aurait pu tuer mon propre fils si Fanchette n'avait pris les devants, et n'était montée le cacher dans sa chambrette tout là-haut où ces révolutionnaires excités n'auront pas le courage d'aller les débusquer.

Il va sans dire que ces émeutes doivent s'arrêter au plus vite. Les affaires s'en ressentent et les investisseurs nous fuient. Les chiffres pour le mois de mai seront catastrophiques. Je ne comprends pas ce que fait notre gouvernement ! Et franchement, je me demande jusqu'où ira la lâcheté de nos dirigeants. Il y a des moments dans l'Histoire où il ne faut pas craindre d'être impopulaire. J'ai connu de Gaulle moins pleutre !

Je vous envoie Dieter accompagné de sa future fiancée qui ne dort plus la nuit, convaincue que c'est à elle personnellement que ces jeunes gens vont finir par s'attaquer... Et comme je ne suis pas sûr de pouvoir empêcher encore longtemps que Dieter ne se mêle à ces émeutes, compromettant tous les efforts et les espoirs que j'ai mis en lui, je vous demande comme une faveur de lui confier la gestion de notre domaine à Bazolles. Il fera, je vous l'assure, un très bon ayant-droit jusqu'à la majorité de Léon.

Pour tout vous dire, maman, je ne suis plus très sûr de maîtriser la situation. Ni chez moi, ni au travail. Je n'aurais jamais imaginé me retrouver dans une situation pareille, à mon âge de surcroît !

Ilse s'est prise de compassion pour les émeutiers. Elle a transformé notre salon en salle d'hôpital, a ouvert les portes de ma *propre* maison à tous ces voyous qui se sont donné le mot et ne cessent d'aller et venir de jour comme de nuit, comme s'ils étaient chez eux. Tout cela s'est passé si vite... Et il semble impossible de revenir en arrière. Ilse les défend comme une poule ses poussins. Quant à Suzanne, elle devient hystérique dès que j'ouvre la bouche.

Ilse n'en finit pas de me surprendre ! Je crois avoir usé toute ma réserve de compréhension la concernant. Après sa dépression de l'année passée et la patience qu'il m'a fallu pour la supporter, vous avouerez que je méritais mieux que cette brusque crise de solidarité pour ces va-nu-pieds.

Nos employés se sont mis en grève depuis quatre jours. J'ai reçu immédiatement le représentant syndical que je connais depuis toujours. Dans un esprit d'apaisement, j'ai accepté de réfléchir à l'organisation du travail en recevant une délégation dans la semaine, j'ai bien voulu revenir sur la baisse des horaires sans compensation qui est entrée en vigueur cet hiver, j'étais prêt aussi à allonger les temps de pause pour aller aux toilettes...

Ils ont tout refusé en bloc, ils me font presque peur, je t'assure ! Quand on voit ce qui se passe à Nantes ! Je n'ai aucune envie d'être séquestré par des types en colère, chauffés à blanc par la rumeur de la foule en délire. Je ne sais plus comment ramener mes employés au calme. Ils me reprochent tout et n'importe quoi. Par exemple, ce matin, ils ont décidé qu'ils auraient le droit eux aussi d'entrer par la porte réservée aux clients alors que depuis toujours les employés ont une entrée de service qui donne sur la petite rue derrière la banque. Comme si on pouvait laisser croire un seul instant qu'on était tous les mêmes ! J'ai essayé de leur expliquer pourquoi c'était impossible, mais ils sont devenus carrément délirants ! Toute la banque est maintenant à l'arrêt ! Les femmes ont installé une crèche dans la salle du conseil d'administration. Et en plus de la crèche, elles veulent une égalité de salaire avec leurs collègues masculins. Et puis quoi encore ?!

Dès que tout ce foutoir sera derrière nous, dès qu'ils seront à nouveau gentiment assis derrière leurs bureaux, je trouverai le moyen de me débarrasser de toutes ces allumées et de leurs camarades citoyens.

Mais, en attendant, les gens défilent dans les rues avec la même banderole.

Étudiants, enseignants, travailleurs solidaires !

Qui aurait pu imaginer un mois de mai pareil ?

J'ai hâte d'être à l'été, chez nous, à Bazolles, où rien n'aura changé. Merci de votre constance et de votre compréhension, ma chère, elle m'est aujourd'hui plus qu'hier extrêmement précieuse !

Maxime Lavagauleyne

LES MURS ONT LA PAROLE

PRENEZ VOS DÉSIRS POUR DES RÉALITÉS

MÉTRO
BOULOT
DODO

L'IMAGINATION
PREND
LE POUVOIR

LES FRONTIÈRES, ON S'EN FOUT !

IL EST INTERDIT
D'INTERDIRE
DE PENSER

OUBLIEZ
TOUT CE QUE
VOUS AVEZ
APPRIS
COMMENCEZ
PAR RÊVER

SOYEZ RÉALISTES
DEMANDEZ
L'IMPOSSIBLE

Lettre 71

De Ilse à Sybille

Paris,
14 mai 1968

Ma chère Sybille,

Nous sommes aujourd'hui le 14 mai. Tu aurais dû être arrivée à Paris depuis quelques jours. Nous devrions causer tranquillement sous les grands tilleuls dans le parc de Bazolles. Et Dieter devrait déjà être fiancé...

Mais, une fois encore, les événements ont été plus forts que ce que nous avions prévu. J'ai l'impression que ma vie entière est faite de ces surprises, bonnes ou mauvaises. Qu'il a fallu que je les accepte. Ce que j'ai fait comme j'ai pu. Mais là, vraiment, aujourd'hui, j'ai l'impression que c'est trop. Je ne sais plus où j'en suis.

Magda et Johann ont débarqué chez nous il y a quelques jours. Ne te fais pas de souci pour eux, ils vont bien. Nos deux filles ont les yeux qui brillent du matin jusqu'au soir. Elles passent toutes leurs journées ensemble à babiller et à papoter, à jubiler et à s'enthousiasmer. Et surtout, elles CONTESTENT!! Je les envie un peu...

Je suis perturbée par tout ce qui se déroule sous nos fenêtres. Une éternité que je n'avais pas ressenti une telle urgence à vivre... Cette révolte m'a sortie d'une longue léthargie. Maxime ne comprend pas, il est inquiet pour ses affaires, dérouté par cette agitation. Nous nous sommes violemment disputés. Il voulait m'imposer encore une fois d'aller chez sa mère! J'ai fini par lui parler d'une séparation provisoire. Ce qu'il refuse.

J'ai du mal à m'imaginer vivre sans lui. Nous avons vécu tant de choses ensemble. Mais je ne supporte plus ses humeurs et cette façon qu'il a de me considérer comme une femme-enfant, un peu sotte, égoïste, exigeante qui-ne-peut-rien-comprendre-des-soucis-qu'il-a, ses vrais soucis, des soucis d'homme, d'argent et de pouvoir.

Pour finir, il est allé s'installer chez sa maîtresse pour quelques jours. À moins qu'il ne dorme à son bureau. Je n'en sais rien. Mais je respire mieux depuis que je ne le vois plus. Je me surprends moi-même. Je ne sais pas ce qui m'arrive...

Le premier jour des émeutes, je suis restée debout à ma fenêtre, tétanisée par cette violence. Et puis, j'ai vu un manifestant porter quelqu'un sur ses épaules. Il cherchait du secours et il n'y avait personne qui se préoccupait de lui. Je n'ai pas réfléchi, je suis descendue l'aider, on a porté son camarade jusqu'au salon. Il a dû en parler autour de lui parce qu'on m'en a monté d'autres cette nuit-là et les nuits qui ont suivi. Mon appartement s'est transformé en salle de soins d'urgence... Chaque matin, je suis allée faire le plein de compresses et de désinfectant. Tu sais, j'ai retrouvé les gestes que j'avais appris pendant la guerre. Et je me suis souvenue à quel point j'avais besoin de me sentir utile. Ta fille m'a secondée jusqu'à épuisement. Elle les a beaucoup écoutés ; les gens aiment se confier à elle et elle aime écouter leurs histoires. Elle m'a dit qu'elle voulait devenir psychologue... Je crois qu'elle a raison, c'est un métier pour elle.

Je suis contente d'avoir retrouvé Magda. J'ai fini par lui avouer que je trouvais aujourd'hui qu'elle avait eu raison, qu'il valait mieux parler et poser des questions. Je lui ai raconté aussi que ses grands-parents étaient sans doute vivants. J'espère que vous ne m'en voudrez pas, mais je n'en peux plus de faire semblant. J'ai dit tout ce que je savais. Qu'ils vivaient cachés en Amérique du Sud. Et que mon père avait été un membre influent de l'administration Gœbbels. Elle a serré les dents quand elle l'a appris et puis elle est sortie de la pièce sans ajouter un mot. On n'en a plus parlé. Mais quand on se regarde maintenant, je peux soutenir son regard sans avoir honte de ce que je lui cache. Je sais que d'autres questions viendront. Il faut nous tenir prêts. Je trouve qu'elle a droit à la vérité puisqu'elle nous la réclame.

J'insiste encore, Sybille, pardonne-moi. Il faut que tu parles de Lotte à ta fille. Elle en a besoin.

Je me rends compte en t'écrivant à quel point c'est plus facile pour moi de te parler de Magda ! Avec Suzanne, c'est difficile. Elle est en colère contre moi tout le temps ! Quand je suis avec elle, il est impossible que je fasse une phrase en entier sans qu'elle me coupe la parole. Je la trouve égocentrique, hypersensible, et même depuis quelque temps carrément hystérique ! Je n'en peux plus de subir ses humeurs et ses perpétuels sarcasmes. Je crois que je n'aurais jamais dû accueillir cette communiste grecque sous mon toit, ça ne fait qu'aggraver les choses... Mais je sais bien que ce que je pense est injuste. Comme si c'était la faute de Cléomèna... La pauvre !

Je ne sais plus ce que je dis...

Je crois que je vais vraiment quitter Maxime. Et lui laisser Léon. Au moins pour quelque temps.

Si je ne le fais pas maintenant, je crois que j'en mourrai.

Est-ce que tu veux bien de moi quelques semaines cet été à Berlin ? Je pourrais louer une maison pas loin de chez toi... J'ai vraiment besoin de te voir. Réponds vite.

Ilse

PS : N'oublie pas d'écrire à Magda

WEILER

Lettre 72

De Suzanne à Déborah

Paris,
20 mai 1968

Mais que fais-tu donc Déborah au fin fond de la Bretagne quand on est en train de changer le monde à Paris, à Lyon, à Marseille et ailleurs ?

On m'a dit que ton père est malade… Mais franchement, si ce n'est pas trop grave, je t'en prie, reviens vite ! Tu manques terriblement à ces journées merveilleuses !!!

Je t'ai cherchée partout !!! Dans les rues, dans les amphis, dans les cafés, au théâtre de l'Odéon qui a ouvert ses portes et dans les usines où les ouvriers ont transformé leur lieu de travail en terrain de jeu. Je les ai vus jouer au badminton et au foot au milieu de leurs machines, prendre la parole, réclamer des augmentations de salaire, mais pas seulement, ils veulent du temps pour eux, pour se reposer, pour partir en vacances, ils veulent parler entre eux de tout et de rien, de ce qui les préoccupe, de tout ce qui leur pèse et de ce qui les étouffe. Il y a quelque chose qui flotte dans l'air de léger et d'heureux. Il fait beau, les corps sont détendus, les visages pétillent. On sent comme un air de vacances, quand rien ne ressemble plus à rien, plus d'habitudes, plus d'obligations... Il reste l'essentiel, la question du sens de la vie qu'on mène, du plaisir qu'on veut prendre, de la liberté qui nous manque, du temps qu'on n'a jamais eu pour jouir, et pour lire, et pour penser et regarder le monde autour de nous.

Tout ça entre deux pavés et trois barricades, avec un chiffon sur la bouche pour pas être asphyxiés par les gaz lacrymo tout en écoutant la radio sur nos petits transistors posés sur des voitures calcinées. C'est génial !!!

Hier, je suis tombée sur un tract qui m'a attirée comme un aimant !!! Je l'ai recopié pour toi et c'est à ce moment-là que je me suis décidée à t'écrire.

ÉTUDIANT qui remet tout en question
Les rapports de l'élève au maître
As-tu pensé aussi à remettre en question
Les rapports de l'homme et de la femme ?
ÉTUDIANTE qui participe à la révolution,
Ne sois pas dupée une fois de plus,
Ne suis pas seulement les autres,
Définis tes propres revendications !

J'y suis allée !

L'amphi était plein !!! Mais vraiment plein à craquer !!! Et de nous voir toutes ensemble, c'était magique, tu sais ! On était stupéfaites et attentives et passionnées… Serrées les unes contre les autres, ivres de pouvoir enfin échanger, dialoguer, insulter, protester ! Se déployer…

Dire « nous »… j'en ai encore les larmes aux yeux… Mais j'ai surtout la certitude ancrée au plus profond de moi-même qu'on ne pourra PLUS JAMAIS revenir en arrière.

Ce soir-là, sous mes yeux, les femmes se sont mises debout et elles ont pris la parole. Contre toutes les autorités qui cherchent à les maintenir dans des rôles étriqués : parents, profs, employeurs… contre tous ceux qui nous préfèrent soumises ! Cléomèna prend la parole dans tous les amphis. Elle brûle d'enthousiasme et elle embarque les foules. Les gens l'adorent et l'applaudissent. Et elle fait rire aussi ! C'est la plus enflammée de nous toutes !!! Quelle femme !!!!

Reviens vite !

Ou alors donne-nous de tes nouvelles !

Et si tu ne peux pas revenir à Paris, je te trouve quelqu'un qui pourra faire le voyage en voiture !

Parce que quand même le pays entier est en grève ! Il n'y a plus de train, plus d'essence, plus d'employés dans les banques, il n'y a plus de poste, plus de télé, ni de ramassage des poubelles. Il n'y a plus de camions sur les routes, plus d'ouvriers dans les usines… Soudain, je me dis que tu ne recevras sans doute jamais cette lettre…

Pas grave !!!

Je vais la glisser dans mon journal, je te la donnerai en main propre.

Des bises toutes révolutionnées,

Suzanne

Lettre 73

De Jacques Fontaine à Cléomèna Rounaris

Athènes,
le 23 mai 1968

Mademoiselle Rounaris,

Imaginez ma surprise quand le doyen de l'université en personne a demandé à me parler. Et plus encore quand j'ai appris que vous faisiez partie de ces agitateurs qui sèment le chaos, détruisent et salissent des lieux aussi sacrés que la Sorbonne, quand ils ne jettent pas des pavés sur les forces de l'ordre ! J'ai eu beaucoup de mal à le croire. J'ai même suggéré qu'il se trompait. Mais il a bien fallu que je me rende à l'évidence... C'est bien de vous qu'il s'agit !

Pouvez-vous mesurer un seul instant à quel point je suis déçu ? Vous avez tout simplement trahi ma confiance. Vous avez piétiné les espoirs que j'avais mis en vous. Et ignoré l'énergie et l'argent que j'ai dépensé pour vous sauver. C'est extrêmement désagréable d'avoir à vous le rappeler. Comment osez-vous défier l'autorité de ceux qui vous accueillent sur leur sol, qui vous logent et vous nourrissent, qui vous soignent et vous protègent ? Ne pensez-vous pas que la France et les Français méritent un peu mieux qu'une telle ingratitude ? Vous n'aviez qu'à passer vos examens et vous tenir tranquille, bon sang, ce n'était quand même pas trop demander après tout ce qu'on a fait pour vous, non ?

Le doyen a été très clair. S'il vous voit ne serait-ce qu'une seule fois dans une manifestation au milieu de ces gauchistes surexcités, il fait une demande d'expulsion en bonne et due forme ! Et vous serez reconduite à la frontière comme l'a été votre camarade Cohn-Bendit !

Ne vous leurrez pas, mademoiselle, la révolution n'aura pas lieu et tous ces jeunes révoltés retrouveront demain le chemin de leurs chères études en gardant peut-être un vague souvenir de vous avoir croisée.

Bien amicalement,

Jacques Fontaine

Lettre 74

De Cléomèna à Jacques Fontaine

Paris,
le 25 mai 1968

Monsieur l'ambassadeur, cher monsieur Fontaine,

Je suis bien ingrate, monsieur, en effet, et je comprends votre colère. Elle me paraît tout à fait légitime. Sans doute aurais-je préféré moi aussi passer ces heures où je suis dans la rue ou dans les amphis à débattre de sujets aussi vains que la liberté et la démocratie, à lire dans des bibliothèques silencieuses ce qu'en disent Kant, Hegel, ou bien Nietzsche. C'est sûr, cela eût été beaucoup moins bruyant et plus approprié pour une fille comme moi que vous avez eu la bonté de sortir du ruisseau.

Combien de fois pourtant vous ai-je entendu dire toute l'admiration que vous aviez du combat que mon père a mené, de sa force et de son engagement, de sa résistance qui n'a jamais failli ? Il y a laissé sa vie. Mon frère en est mort lui aussi. Et pour ma mère, je suis toujours sans nouvelles d'elle.

Je suis leur fille, je suis la sœur de Mitso, monsieur l'ambassadeur. Je suis communiste, je suis résistante, je suis féministe et je suis grecque. Je défends la démocratie et la révolution. Je rêve de liberté et d'égalité. Pour aujourd'hui et pour demain. Et surtout pas pour en faire des dissertations argumentées en trois parties et sous-parties. Et encore moins pour décorer les beaux salons des ambassades où vous recevez vos amis.

Vous êtes déçu, monsieur Fontaine, il ne faut pas. Les déceptions provoquent toujours des aigreurs d'estomac.

Malgré tout, merci. J'aurais préféré vous savoir fier de moi.

Sincèrement,

Cléomèna Rounaris

POUVOIR POPULAIRE OUI
POUVOIR POPULAIRE
ORTF EN LUTTE
INDÉPENDANCE
SALAIRES LEGERS
CHARS LOURDS
43
LAISSONS LA PEUR DU ROUGE AUX BÊTES À CORNES
PAS DE RECTANGLE BLANC POUR UN PEUPLE ADULTE
INDÉPENDANCE et AUTONOMIE de l'O.R.T.F.
OUS UNIS
ONTRE LA
ROVOCATION
AULLISTE
SALAIRES LEGERS
CHARS LOURDS
PRESSE
NE PAS AVALER
ORTF
CEDER UN PEU
C'EST
CAPITULER BEAUCOUP
OUVRIERS ETUDIANTS POPULATION
LIAISON
effective
FLINS
AVIS

Lettre 75

De Sybille à Magda

Berlin,
juin 1968

Ma chère Magda,

C'est parce que tu me l'as demandé avec tant d'insistance que je me résous à t'écrire ces quelques mots. Je ne sais pas vraiment ce que tu attends. Moi, je ne crois pas aux grandes explications. Mais j'espère sincèrement que ce qui suit te sera utile.

La première image qui me vient pour te parler de ta sœur, c'est celle d'un escalier de quelques marches, en haut duquel vous aimiez vous asseoir toutes les deux. Le petit escalier en pierre d'une maisonnette dont il ne restait rien que le chambranle d'une porte s'ouvrant sur des ruines. Si tu as quatre ans, elle en a neuf. Mais j'ai toujours du mal à réaliser qu'il y a cette différence d'âge entre vous. Tu étais si petite et elle était déjà si grande. Mais Lotte a toujours été une enfant fragile.

Je crois que ça a commencé avant même sa naissance. J'ai mis beaucoup de temps à me rendre compte que j'attendais un enfant. On était en guerre depuis trois ans. Ton père n'avait eu qu'une seule permission. Je n'y pensais pas. Et puis, tout au long de cette grossesse, je mangeais peu, je dormais mal – Berlin était bombardée nuit et jour – le bébé n'a pas bougé dans mon ventre – je veux dire pas du tout, je pensais tout le temps qu'il était mort. Et puis elle est arrivée, bien là, bien vivante, et elle a survécu au froid et à la faim. Et à tout le reste. Elle est comme ça, Lotte ! Une petite fille inattendue, grognon, boudeuse, toujours malade et plaintive. Mais têtue plus que tout, et décidée à vivre. Les autres enfants la fuyaient. Elle s'est débrouillée seule. À dire vrai, je ne sais pas trop comment. J'ai quelques photos d'elle que je regarde parfois, comme si je pouvais percer le mystère qu'elle a toujours été pour moi. Elle n'était pas jolie, elle voyait mal, à cause d'un strabisme prononcé. Un jour, on a pu lui payer des lunettes, mais c'était toute une histoire pour qu'elle les porte. Elle en a cassé deux paires. On a renoncé… Tout était compliqué, trouver des chaussures pour ses pieds délicats, un manteau dont les boutons lui convenaient… Ce n'étaient pas des caprices, c'était bien plus que ça, elle pouvait entrer dans des crises terribles pour un détail, se cogner la tête contre les murs, sans qu'on comprenne rien…

Et puis tu es née, Magda. En 49. Le pire était passé. C'était bien après la guerre, ton père était enfin rentré, on allait tous beaucoup mieux. Tout a été si facile avec toi. J'avais pourtant très peur d'avoir un autre enfant. Je pensais que Lotte ne le supporterait pas. Mais c'est exactement l'inverse qui s'est passé. Vous vous êtes adoptées l'une l'autre. Immédiatement. Un vrai coup de foudre. Et vous êtes devenues inséparables. Quand elle était avec toi, Lotte ne faisait plus de crises.

J'ai moins de souvenirs après.

Hans est né et vous l'avez mis à l'écart. Gentiment, mais quand même loin de vous. Hors de votre bulle dans laquelle personne n'a jamais eu le droit d'entrer.

Et puis, j'ai trouvé du travail. Les années ont passé. Des années dont je garde un sentiment diffus mais dense d'une suite de jours sans histoires. Une vie presque tranquille.

Quand Lotte a eu quinze ans, les problèmes sont réapparus. De nouveau des crises, des colères, des larmes. Et puis des problèmes pour manger.

Je suppose que tu veux savoir pourquoi. Tu vas être déçue, Magda, parce que je n'en sais rien. J'en suis réduite à faire des hypothèses, des « si » et des « peut-être », qui s'empilent et se contredisent, et forment comme une image de Lotte, floue, incomplète, et surtout inachevée.

Je n'ai jamais su ce qui se passait pour elle au lycée. Avec son comportement étrange, elle avait dû se faire remarquer. Et ce n'était jamais bon de ne pas être comme les autres, dans l'axe et dans l'obéissance absolue et aveugle au Parti. Est-ce qu'on l'a menacée ? Est-ce qu'elle s'est sentie prisonnière d'un système qui allait l'écraser ? Elle était différente, dans sa manière d'être, sauvage et surtout entière. Elle était incapable de cacher ce qu'elle pensait. De composer avec les imbéciles. Et puis, elle n'avait pas d'amie, elle n'en a jamais eu. Son lycée était loin de la maison. Et toi, tu étais loin aussi.

L'été 61, Lotte est devenue franchement insupportable. Heidi venait de naître et elle l'a détestée. Avec autant de détermination qu'elle avait décidé de t'aimer. Elle est presque devenue dangereuse. Comme si cette toute petite fille qu'était Heidi était venue réveiller je ne sais quel monstre qui sommeillait en elle. Elle était jalouse, méchante. Une fois, alors qu'elle la tenait dans ses bras, elle l'a laissée tomber. Une autre fois, j'ai retrouvé Heidi avec sa couverture sur la tête, qui manquait d'air… J'ai eu peur. Je crois que j'ai toujours eu peur de Lotte. De ce regard un peu fou qu'elle avait parfois.

J'en ai eu assez. Elle avait dix-sept ans. Et elle demandait plus d'attention que Heidi et Hans et que toi réunis… J'avais besoin de repos et de souffler. Ton père était furieux et désolé. Un soir, on a décidé de la renvoyer à Berlin. Tu as absolument tenu à partir avec elle. Au début, on voulait qu'elle soit seule. Pour qu'elle sente qu'elle était punie, qu'elle mesure la chance qu'elle avait… Lotte nous a suppliés. À sa manière à elle. Toujours un peu menaçante… Ce n'était pas raisonnable, c'est vrai, tu n'avais que douze ans. Mais on lui a cédé. L'avenir nous a chèrement fait payer notre décision.

Je ne sais pas ce qui s'est passé pour Lotte ce matin du 13 août 1961. On ne nous a jamais rien dit. Mais je crois avoir deviné qu'elle avait reçu une balle dans le dos alors qu'elle était déjà en train de courir sur le mur. C'est ce que les gens disaient dans le quartier, même s'ils ont toujours refusé de confirmer qu'il s'agissait de ta sœur. Ils avaient peur. On avait peur. C'est d'ailleurs pour ça qu'ils l'ont tuée. Pour l'exemple et pour instaurer la terreur.

Peut-être que c'est pour ça, Magda, que tu as tout oublié. Mais tu n'es responsable de rien. Pas plus que nous en tous les cas, même si on a sans doute préféré longtemps penser le contraire, ton père et moi. Nous qui étions ses parents, nous n'avons rien pu faire pour elle. Toi, Magda, vraiment, tu n'as fait que la suivre et l'aimer et la protéger depuis que tu es née. Vous étiez des sœurs magnifiques.

Je ne suis pas très enthousiaste à l'idée que tu te lances dans une psychanalyse. Je n'aime pas ces gens-là.

Mais ce qui compte plus que tout pour moi désormais, c'est de te savoir en paix, et libre de mener ta vie comme tu l'entends. Tu veux partir faire tes études à Francfort ? Je l'accepte absolument et je ferai tout pour te faciliter la vie là-bas. C'est vrai que j'aurais préféré t'avoir un peu avec moi tous les jours à Berlin. Tu vas me manquer. Tu m'as beaucoup manqué durant toutes ces années.

Je ne veux plus jamais te perdre de vue. Jurons-nous de prendre le temps de nous voir et de nous parler régulièrement.

Je t'embrasse tendrement,

Ta maman

Lettre 76

De Cléomèna à Suzanne

Paris,
juin 1968

Suzanne,

Quelle fin brutale à tous nos espoirs ! J'ai cessé d'écouter la radio. Imaginer ces gens en train de céder aux menaces, redevenir raisonnables et travailleurs, renoncer à cette folie qui a failli nous emporter loin, très loin… Je n'y arrive pas…

Tu sais sans doute que je suis sous la menace d'une expulsion. Il faut que je m'en aille avant qu'on ne me trouve. C'est pourquoi je me cache. Parce que remettre un pied en Grèce sous ma véritable identité, c'est être condamnée à une déportation immédiate dans les îles. Au mieux.

Je vais me débrouiller pour que quelqu'un t'apporte cette lettre en main propre. Il y en aura une autre adressée à Marcel. Je te demande de ne la lui donner qu'une fois que je serai partie.

Stavros, un étudiant grec, a accepté de m'aider. Il m'a trouvé un emploi sur un bateau de croisière qui part de Brindisi vendredi prochain. J'attends des faux papiers. Mes valises sont prêtes.

Je n'en veux à personne et surtout pas à Jacques Fontaine qui a été si génereux avec moi. Je serais repartie de toute façon. Cette plainte du doyen de l'université ne fait que précipiter la date de mon départ. Je ne peux continuer à vivre loin de mon pays. Il faut que j'aille me battre là-bas. J'espère qu'un jour je pourrai t'inviter à mon tour. Et que nous pourrons nous promener dans les rues avec ce même sentiment d'intense liberté que nous avons éprouvé durant ce joli mois de mai.

Je ne crois pas au retour en arrière. Au retour à l'ordre ancien, comme si rien n'avait eu lieu. Les séismes laissent des failles pour longtemps. La jeunesse ne se laissera plus faire. Les femmes non plus, Suzanne. Je le crois profondément. Plus jamais. Ici comme ailleurs. Nous voulons vivre libres et disposer de notre corps et de notre vie. Le combat continue. Je sais que tu en es convaincue. Mais j'avais besoin de l'écrire en guise de mots d'adieu.

J'ai un dernier service à te demander. Prends soin de Marcel. Je sais qu'en partant et surtout en le faisant comme ça, sans le lui dire, je vais lui faire beaucoup de mal. Mais je n'ai pas la force de l'affronter. Il arriverait sans doute à me retenir quelque temps. Quand je suis dans ses bras, je renonce à tenir les promesses que je me suis faites à moi-même. J'oublie qui je suis et ce que je dois faire. Donne-lui la lettre. J'espère qu'il comprendra.

Au moment d'écrire ces derniers mots, ma main tremble un peu, je te l'avoue. Nul ne sait si nous nous reverrons. Je t'embrasse. Continue d'être aussi gaie et aussi singulière. Continue aussi de regarder les femmes comme tu le fais. Tes photos sont magnifiques !

Embrasse Fanchette pour moi. Et transmets à ta mère toute ma reconnaissance. Encore un baiser pour toi, et je file !

Cléomèna

Lettre 77

De Cléomèna à Marcel

Paris,
juin 1968

Mon amour, je n'ai pas pu. Je ne savais pas comment faire avec nos regrets. Et tout ce chagrin. Je t'ai laissé endormi et heureux après notre dernière nuit d'amour. C'était mieux, je t'assure, de se séparer sans un mot. Nous ne sommes faits ni l'un ni l'autre pour les adieux déchirants.

Tu es sans doute furieux. Je comprends. Et je ne peux m'empêcher de sourire en imaginant ta colère. Pourtant, je t'assure, ce n'est pas de ta faute. Si tu n'as rien vu venir, c'est qu'il n'y avait rien à voir ces jours derniers, si ce n'est ce désir fou qui nous habitait tous les deux, onze jours et autant de nuits, enroulés l'un à l'autre, enchevêtrés, emmêlés, et jamais rassasiés.

Je n'imaginais pas que ce soit ça, l'amour, avant de te connaître. Si doux et si violent, et si troublant aussi. Je n'imaginais pas qu'il fallait là aussi chercher sa liberté, une façon d'être soi, d'être nue, de s'abandonner à tes regards, à tes mains, à tes lèvres jusqu'à faire de moi cette femme tremblante qui ne pensait plus à rien d'autre qu'à son prochain frisson.

J'aurais aimé te montrer mon pays. J'aurais aimé caresser ta peau chauffée par un soleil d'été, et puis salée par un bain prolongé, goûter à tes caresses en plein jour, dans la montagne, à l'ombre des oliviers dont les feuilles ont la couleur de tes yeux. J'aurais voulu m'endormir dans tes bras, chez moi, dans le silence et la profondeur des nuits d'hiver sur ces terres désolées, ton ventre contre mes cuisses, ton sexe abondonné dans le creux de ma main.

J'aurais voulu aussi marcher sur la Paralia de mon village, aller jusqu'à la jetée pour te montrer l'île de Chio comme je la regardais avec Mitso et avec ma mère, tous les soirs, avant qu'on ne soit séparés.

Mais il fallait partir. La demande officielle d'expulsion n'a fait que précipiter ma décision. Si je t'avais dit tout ça de vive voix, ça aurait été encore plus dur. Rien n'aurait pu me retenir, je veux que tu en sois profondément convaincu. Rien.

Je dois venger mon père. Et mon frère. Et je veux savoir ce qu'ils ont fait de ma mère. Je ne peux rien vivre d'autre. Quand j'ai essayé de t'en parler, tu m'as serrée un peu plus fort contre toi, comme pour me protéger. Et tu as murmuré que tu me comprenais. Moi, je sais que c'est impossible. Tu ne peux pas comprendre, c'est ta chance, garde-la bien au chaud, moi, je suis passée de l'autre côté du miroir et tu ne dois rien connaître de la folie qui m'habite.

Je ne t'oublierai pas, Marcel Blanzy, tu es un homme généreux, un prince charmant, un coureur de jupons, un amoureux gourmand, tu as sept grains de beauté sur le côté gauche et un cœur qui bat à contretemps.

Je ne te dis pas que je t'aime,

Cléomèna

Lettre 78

De Fanchette à Maxime Lavagauleyne

Paris,
30 juin 1968

Monsieur Maxime,

Vous pourrez pas dire que vous étiez pas prévenu, Mme Ilse est partie et c'est pas moi qui vais vous dire où.

Elle a bien raison. Parce que l'injustice et les abus, au cas où vous l'auriez pas remarqué, c'est plus dans l'air du temps !

Pour cet été, comptez pas sur moi pour m'occuper de Léon. C'est votre fils et vous l'avez voulu, je crois bien. Vous et madame votre mère qui est toujours là pour savoir mieux que tout le monde, ça va vous faire tout drôle de plus dormir la nuit.

À part ça, évidemment, je serai là en septembre. Et je veillerai à ce que mon Léon se porte bien.

En attendant, j'ai décidé : je vais voir la mer.

Fanchette

ÉPILOGUE

Lettre 79

De Magda à Lotte

Je t'écris de Francfort où j'ai commencé mes études. On est début novembre, il fait à nouveau froid. Si j'avais pu aujourd'hui, je serais allée me recueillir sur ta tombe. Je n'aurais pas pleuré. Non.

Je me souviens de ça. De tes brusques explosions de plaisir à chaque fois que le monde se mettait à tourner dans le bon sens.

Ce matin, Beate Klarsfeld est montée à la tribune d'un congrès du parti qui est au pouvoir en ce moment, la CDU. Elle s'est glissée d'un pas vif entre les hommes du gouvernement en se faisant passer pour une journaliste. Elle avait juré qu'elle le ferait. Et elle l'a fait ! Elle s'est plantée devant le chancelier, Kurt Georg Kiesinger, élu en 66, malgré son adhésion au parti national socialiste dès 1933, malgré sa participation aux crimes nazis.

ET ELLE L'A GIFLÉ en criant : « Kiesinger, Nazi ! Démissionne ! »

Tu aurais exactement son âge. Je sais que nous aurions adoré partager cette nouvelle toutes les deux. Parce que c'est une femme. Parce qu'elle est en lutte. Parce que ce geste-là, tellement symbolique, me donne de la force, et l'envie d'y croire.

Un jour, le mur tombera. Ce jour-là, je viendrai apporter des fleurs sur ta tombe. Tu aimais les jacinthes violettes. Je me souviens très bien.

Magda

Remerciements

J'ai eu le bonheur de faire mes recherches dans un des plus beaux endroits au monde, là où je me sens chez moi, en contact avec l'essentiel, à la Bibliothèque nationale de France en rez-de-jardin, dans un silence studieux, tendu, à lire et à écrire pendant des journées entières à la place K37, entre un séminariste, un thésard et une psychanalyste. C'est donc là que sont nées mes trois filles.

Le personnage de Yanis Rounaris, le père de Cléomèna, est très librement inspiré de la vie de Chronis Missios qui a passé plus de vingt années en prison et en déportation de 1947 à la fin de la dictature des Colonels en 1974. Il raconte ce parcours hallucinant et les persécutions dont les communistes ont été l'objet en Grèce dans son autobiographie publiée aux éditions de l'aube et traduite par Michel Volkovitch, *Toi au moins, tu es mort avant.*

C'est dans *Le Livre noir de la dictature en Grèce*, paru dès 1969 au Seuil dans la collection Combats, dans *La Grèce depuis 1940,* de Joëlle Dalègre (éd. L'Harmattan) comme dans le film *Z* de Costa-Gravas, sorti en 1969, adapté du roman de Vassilis Vassilikos que j'ai trouvé matière pour construire mes personnages et leur histoire.

Je remercie mon amie Paraskevi Fista d'avoir cherché auprès des Grecs de la diaspora à Paris les éléments qui me manquaient pour raconter un peu de ce désarroi des exilés.

Magda Mühlmeister m'a entraînée quant à elle dans les rues de Berlin que j'ai arpentées moi aussi en plein hiver. Le mur a disparu mais, là où il fut érigé, il est encore visible, comme une vieille cicatrice. Le musée de la Stasi qui se trouve dans la maison de l'ancienne centrale du ministère de la Sûreté de l'État de la RDA permet de mesurer l'ampleur de la surveillance dont ont fait l'objet d'innombrables citoyens est-allemands.

Je suis particulièrement sensible à ce qui se transmet dans les familles comme dans les pays, d'une génération à l'autre. Pour l'Allemagne, cette question de l'héritage reste évidemment brûlante. Elle est magnifiquement posée dans *Une Trilogie allemande,* trois films de Catherine Bernstein, qui donne la parole à des femmes ayant grandi en même temps que montait le nazisme et puis à leurs filles, cette génération d'après, celle de Magda et de sa cousine Suzanne.

Au-delà de ces moments difficiles qui ont fait l'Europe et qui sont constitutifs de son histoire, de *notre* histoire, reste ce formidable élan qui trouve comme un aboutissement dans l'explosion de vie révoltée, questionnante et bouillonnante de Mai 68 en France. Il y a cent mille manières de s'emparer de ces événements pour les raconter, comme en témoignent les innombrables ouvrages parus sur cette période. On retiendra l'incontournable ouvrage de Patrick Rotman *Génération: les années de rêve* mais aussi celui intitulé *68, une histoire collective*, ouvrage dirigé Philippe Artières et Michelle Zancarini-Fournel (éditions La Découverte). Le plus important pour moi était de les raconter du point de vue des femmes, de dénoncer le mépris dans lequel elles ont été tenues, le combat qui continue d'être le nôtre aujourd'hui, de faire part de leurs questions, de cheminer à leur côté, en colère comme elles, autant qu'elles. J'ai lu avec grand bonheur un texte issu d'un groupe d'écriture, *68 dans la mémoire des femmes*, qui a réuni de 2000 à 2003 des femmes de l'Association pour l'autobiographie, dirigé par Michelle Perrot et publié aux Éditions de l'aube. Un petit livre qui donne envie de monter sur les toits pour y danser nu-pieds, forte de nos doutes, de nos désirs et de nos légitimes ambitions.

À l'heure où j'écris ces quelques dernières lignes, le livre est en cours de fabrication dans cette incroyable maison que sont les éditions Gallimard. De petits couloirs en escaliers étroits, de la cave au grenier, à chaque fois que je m'y rends, je n'en finis pas de m'étonner de ma chance.

J'y ai trouvé *mon* éditrice, Isabelle Stoufflet, avec laquelle je peux évoquer mes projets, à qui je peux confier mes doutes, qui sait lire des textes encore en jachère, qui accepte de les relire quand ils sont inachevés et qui a su suggérer à chaque fois des modifications quand j'étais en train de me tromper de route. Ce livre lui doit beaucoup. Elle a tout mis en œuvre pour qu'il soit au plus près du rêve que j'en avais : comme une grande valise trouvée au fond d'un grenier.

Je tenais par ailleurs à remercier ici tous ceux qui ont contribué à son existence.

En premier lieu, Thierry Laroche. Jean-François Saada et Elhadi Yazi pour la belle couverture, Françoise Pham, la graphiste qui a donné corps aux lettres avec tellement d'inventivité et de plaisir manifeste, Isabelle de Latour, pour ses judicieuses recherches iconographiques.

Un immense merci enfin aux filles qui défendent vaille que vaille mes livres pour qu'ils parviennent entre les mains des lecteurs. Merci à la si sensible et obstinée Frédérique Lacroix-Cuissot, à l'enthousiaste Myriam Benainous, et aux joyeuses Sandrine Dutordoir et Agnès Tchakgarian.

Écrire ce livre était donc une aventure en soi. Ce fut aussi une belle aventure collective.

Crédits photos et légendes :

p. 21 : DR
p. 22h : *Construction du mur de Berlin, au niveau de Bernauer Strasse en 1961* © Picture Alliance/Rue des Archives
p. 22bg : *Des Ouest-Berlinois saluent leurs voisins de l'Est par-dessus le mur, dans la Bernauer Strasse en 1961* © Ullstein Bild/Roger-Viollet
p.22bd : *Berlin-Ouest, le long du mur* © Dominique Berretty/Gamma-Rapho
p. 35 : DR
p. 47 : © Shutterstock
p. 61h : *Des enfants de Berlin-Ouest regardant par-dessus le mur, en août 1961* © Ullstein bild - R. Dietrich/Roger-Viollet
p. 61b : *Habitants de Bernauer Strasse à Berlin-Est fuyant vers l'Ouest le 13 août 1961* © Akg-images
p. 75 : *L'Acropole d'Athènes en août 1968* © Anne Salaün/Roger-Viollet
p. 117 : *Couverture de Salut les copains, numéro juillet-août 1962* © Archives Filipacchi/Scoop
p. 126 : *Conseils de maquillage, in Mademoiselle Âge tendre, mars 1967* © Archives Filipacchi/Scoop
p. 131 : *Blindé sur une place d'Athènes, lors du coup d'État militaire en Grèce, 1967* © Alinari/Roger-Viollet
p. 138 : © Shutterstock
p. 160 h : *Couverture de « Esquisse d'une théorie des émotions », Éditions Hermann, 1939* © Hermann, www.editions-hermann.fr
p. 160 b : © Shutterstock
p. 168 à 173 : © Shutterstock
p. 191 : © Shutterstock
p. 192 : *Manifestation contre le shah d'Iran, devant la Deutsche Oper dans la Bismarckstrasse à Charlottenbourg : l'étudiant Benno Ohnesorg est abattu par un policier au cours d'une émeute, le 2 juin 1967* © akg-images/Henschel
p. 203 : collection particulière
p. 227 : *À Paris, l'Arc de triomphe du Carrousel en janvier 1966* © Gösta Wilander/Musée Carnavalet/Roger-Viollet

p. 235-238 : © Shutterstock
p. 270-273 : © Shutterstock
p. 287 : © Shutterstock
p. 296 : © Shutterstock
p. 301h : *Lanceur de pavés rue Saint-Jacques le 6 mai 1968 à Paris* © Fondation Gilles Caron/Gamma-Rapho
p. 301b : *Barricades faites de voitures renversées rue Gay-Lussac à Paris, le 11 mai 1968* © Bettmann/Getty-Images
p. 310 : *Affiches politiques sur les murs de la faculté de médecine, rue des Saints-Pères à Paris, juin 1968* © Roger-Viollet
p. 325 : *Une jeune femme juchée sur les épaules d'un camarade brandit un drapeau rouge au meeting de l'UNEF (Union nationale des étudiants de France), au stade Charléty à Paris, le 28 mai 1968* © Keystone-France/Gamma-Rapho

ON LIT
PLUS
FORT.
COM

L'ACTUALITÉ DES ROMANS
GALLIMARD JEUNESSE

PAO : Françoise Pham
Imprimé en Italie par L.E.G.O. Spa – Lavis (TN)
Dépôt légal : octobre 2017
Numéro d'édition : 321 580
ISBN : 978-2-07-508915-9
Le papier de cet ouvrage est composé de fibres naturelles,
renouvelables, recyclables et fabriquées à partir de bois provenant
de forêts gérées durablement